성검학원의
마검사
Demon's Sword Master
of Excalibur School
[7]

Demon's
Sword Master
of
Excalibur
School 7
Author Yu Shimizu
Illustration Asagi Tosaka

성검학원의 마검사

Demon's Sword Master of Excalibur School

[7]

글 시미즈 유우

그림 토사카 아사기

NOVEL ENGINE

Contents

Demon's Sword Master of Excalibur School

프롤로그

Demon's Sword Master of Excalibur School

"……설마 〈해왕〉 리바이즈 딥 씨?!"

〈용왕〉의 목소리가 텅 빈 홀에 울려 퍼졌다.

그 소녀는——.

이 천공성 〈아주르 포트〉의 본래 주인인 용왕을 차가운 눈길로 내려다보며——.

"〈용왕〉—— 그대가 왜 여기 있는 거지?"

……조용한 목소리로 말했다.

"그대는 〈육영웅〉에게 토벌을 당해, 영구동토의 대지에 그 주검을 드러냈을 터——."

"뭐……?"

베이라는 찬란히 빛나는 황금색 눈으로 옥좌를 노려봤다.

"그건 내가 할 말이거든?"

시선만으로 상대의 숨통을 끊을 수 있다.

죽음을 안겨주는 용왕의 시선을 받고도, 소녀는 태연하기 그지없었다.

자신이 주시하는 것을 전부 얼어붙게 만드는, 절대영도의 눈.

투명하기 그지없는 자수정색 머리카락은 희미하게 빛나고 있었다.

물로 된 날개옷을 걸친 몸은 호리호리하고, 너무나도 덧없어 보였다.

하지만――.

〈용왕〉의 눈빛을 태연하게 받아낸 존재가 평범한 소녀일 리가 없다.

(가짜는, 아닌 것 같네.)

베이라는 이를 악물었다.

――틀림없다. 옥좌에 앉은 소녀는 동격의 존재다.

세계에 파괴와 혼돈을 흩뿌린, 여덟 명의 〈마왕〉 중 한 명.

마해(魔海)를 다스리는 왕. 파멸의 괴물.

〈해왕〉―― 리바이즈 딥 씨.

(어째서 얘가 내 〈아주르 포트〉에 있는 거야?)

베이라는 옥좌에 앉아 있는 찬탈자를 노려보면서 생각했다.

어째서 소멸했을 〈해왕〉이 부활한 것일까.

(뭐, 나랑 레오도 부활했잖아.)

〈해왕〉이 부활해도 딱히 이상할 건 없다. 오히려 〈해왕〉이 지닌 초월적 힘을 생각하면, 〈육영웅〉에게 지는 것이 말도 안 된다고 여겨졌다.

――그렇다면 그녀는 적일까, 아닐까?

〈반역의 여신〉의 휘하에 모여서 동맹을 맺기는 했지만, 원래 〈마왕〉들은 서로 반목했다.

〈마왕〉은 옛 마왕 〈졸 바디스〉가 소멸한 후의 세계에서 패권을 차지하기 위해 경쟁하던 적대 관계이며, 다들 서로의 목을 노리고 있었다.

사실 〈마왕군〉이 인류 및 〈육영웅〉에게 패배한 것은 그 반목 탓이다.

(리바이즈랑은 딱히 대립하지 않았는데 말이야.)

〈마룡산맥〉을 본거지로 삼는 베이라와는 지배 영역이 떨어져 있기에, 〈해왕〉과 대립할 일은 없었다.

(대체 무슨 생각인 거야?)

옛날부터 그녀의 생각을 읽을 수 없었다.

저 얼음 같은 얼굴에서는 감정의 빛을 전혀 찾아볼 수 없었다.

……아무것도 알 수 없다면, 대놓고 물어볼 뿐이다.

"너야말로 여기서 뭐 하는 거야? 이 〈아주르 포트〉는 내 성이야."

그러자 〈해왕〉은 조용히 고개를 저었다.

"이제는 그대의 성이 아니다. 폐기되어 있던 폐허를, 내가 수탈했지."

"크…… 헛소리 마!"

지옥불처럼 새빨간 베이라의 머리카락이 불꽃을 머금으며 타올랐다.

불똥이 격렬하게 튀면서, 바닥에 흩뿌려졌다.

"여기는 우리들 용족의 성이야! 용의 권속들이, 목숨을 걸고 지킨 장소──."

"그대는, 이 유적의 본래 주인이, 아니다."

"뭐……?"

베이라가 낮게 으르렁거렸다.

"그러면 네가, 이 〈아주르 포트〉의 본래 주인이란 거야?"

"——아니다."

소녀는 고개를 저었다.

"뭐? 무슨 소리——."

그 순간. 옥좌에 앉은 소녀가 손을 뻗더니…….

샤 리 아 노 스
"——〈빙열연참(氷烈連斬)〉."

"……?!"

발사된 무수한 얼음 칼날을——.

베이라는 반사적으로, 팔에 두른 불꽃으로 없앴다.

치익, 하는 소리를 내면서 얼음 칼날이 허공에서 녹으며 사라졌다.

붉은 머리카락이 활활 타오르더니, 베이라의 주위에 아지랑이가 피어올랐다.

"너…… 재가 되고 싶나 보네."

"그대가 나타난 건, 이치에서 벗어난 사상(事象). 예정을 앞당기겠다."

"예정?"

베이라는 되물으면서 눈썹을 찌푸린 바로 그때——.

쿠웅, 쿠웅쿠웅쿠웅, 쿠웅!!

격렬한 진동이 발생하더니, 바위로 된 홀 바닥을 부수면서 무수한 촉수가 모습을 보였다——!

"윽. 여전히 말이 안 통하는 애네!"

베이라는 질렸다는 듯한 투로 그렇게 내뱉었다.

〈이계의 마왕〉은 무슨 생각을 하는지 알 수 없었지만, 의사소통 자체는 가능했다.

하지만 이 〈마왕〉과는 의사소통 자체가 불가능했다.

"뭐, 좋아. 확 두들겨 패서 알아내 주겠어——."

베이라는 입술을 핥더니, 손에 두른 불꽃을 활활 타오르는 대검으로 변화시켰다.

바르그바르아

고유의 용마술(龍魔術)——〈작광염검(灼光焰劍)〉.

불꽃이 된 용의 불꽃은 견고한 바위벽조차 간단히 갈랐다.

~~푸슈우우우우우우욱~~!

무수한 거대 촉수가 일제히 덤벼들었다.

베이라는 불꽃의 검을 휘둘렀다. 자신의 간격 안으로 들어온 그 모든 것을 소멸시켰다.

"리바이즈 딥 씨, 이 〈용왕〉을 얕보지 마!"

드래곤로드의 포효. 해방된 불꽃이 옥좌에 앉은 소녀를 집어삼켰다.

——하지만…….

리프라이아

"——〈수령결계(水靈結界)."

만물을 재로 만드는 드래곤의 불꽃이, 물의 장벽에 막혀 사라지고 말았다.

(윽, 역시 이대로 여기서 싸우는 건 불리해.)

베이라는 이를 악물며 인정했다.

단순한 힘만 본다면 〈해왕〉의 힘은 〈마왕〉 중에서 최강——그렇게 여겨졌다.

결코 역린을 건드려선 안 되는 존재인 것이다.

그 영지인 해저에서 싸우는 것은 어리석음의 극치다.

화가 나지만, 이 전장에서 벗어날 수밖에 없다.

아르그 발헤이즈
“——수신열파포(水神裂破砲).”

옥좌에 앉은 리바이즈가 제8계위 마술을 펼쳤다.

두우우우우우우우우웅!!

직격. 베이라는 물의 대폭포에 삼켜지고——.

다음 순간, 바다를 뒤흔들 듯한 포효가 〈아주르 포트〉에 울려 퍼졌다.

건물의 파편을 마구 흩날리면서 모습을 보인 것은—— 거대한 진홍색 용이었다.

〈용왕〉—— 베이라 드래곤로드의 전투 형태.

베이라는 입을 크게 벌리고, 머리 위로 백은색 섬광을 뿜었다.

쿠우우우우우우우우우우웅!!

홀 천장에 커다란 구멍이 뚫렸다.

거대한 날개를 펼친 진홍색 드래곤은 그대로 날아올랐다.

〈아주르 포트〉에 펼쳐진 결계를 뚫고, 어둠이 지배하는 심해로——.

온몸에 두른 불꽃이 바다를 찢더니, 나선 형태의 소용돌이가 생겨났다.

바다를 뚫고, 폭풍이 휘몰아치는 하늘로 단숨에 날아올랐다.

하늘은 천공의 지배자인 드래곤의 영역이다. 〈해왕〉도 함부로 침범할 수 없다.

——바로 그때, 격렬하게 파도치는 해수면에 그림자가 어른거렸다.

무수한 촉수를 꿈틀거리고 있는, 대륙으로 착각할 만큼 거대한 그림자다.

저것이 바로 〈해왕〉—— 리바이즈 딥 씨의 본체다.

1000년 전, 해양왕국 기란이 자랑하던 무적선단을 침몰시켜 해양 문명을 멸망시킨 원흉.

(——흔적조차 남지 않게 없애주겠어, 〈해왕〉!)

날카로운 송곳니를 맞부딪치면서, 베이라는 최강의 용언 마술을 영창했다.

멸망의 불꽃, 세계에 종말을 고한다, 어리석은 자여, 내 포효를 들어라——!

데이 아르그 드래그레이
——〈패룡마광열포〉.

새하얀 섬광이 하늘을 물들이더니, 바다를 꿰뚫었다.

쿠오오오오오오오오오오오오!!

거대한 불기둥이 하늘을 불태우더니, 폭풍우를 머금은 구름을 날려버렸다.

바다가 끓어오르면서, 해양생물의 사체가 이 일대의 해수면에 떠올랐다.

입 사이로, 마력광의 잔재가 뿜어져 나왔다.

물론 이 일격으로 자신과 동격인 〈마왕〉을 해치웠을 것으로 여기진 않는다.

(한 방 더, 따끔한 녀석을 먹여주겠어!)

——바로 그때였다.

키이이이이이이이이이이이이잉——!!

해저에서 뿜어진 한 줄기 섬광이, 베이라의 날개를 관통했다.

뜨거운 용혈이 뿜어져 나오면서, 시뻘건 혈화가 피어났다.

(아닛?!)

——〈해왕〉의 반격?

(아냐, 이건…… 아니야!)

해저에서, 또 하나의 거대한 그림자가 떠올랐다——!

그것은 감청색으로 빛나는, 성의 유적이었다.

1000년 전 〈육영웅〉의 맹공으로 함락된, 천공의 요새——.

(설마, 〈아주르 포트〉를 기동시킨 거야?!)

믿기지 않는 사태가 벌어지자, 베이라는 황금색 눈을 크게 떴다.

〈아주르 포트〉를 제어할 수 있는 건, 왕인 베이라 뿐이다.

찬탈자에 지나지 않는 〈해왕〉이 기동할 수 있을 리가 없다.

하지만, 방금 그 섬광은——.

(〈아주르 포트〉의 주포——〈멸신뇌격포(라그바 캐논)〉!)

쏴아아아아아아아아아아아아아——!

감청색의 〈아주르 포트〉가 바다를 찢으며, 하늘로 떠올랐다.

대기가 뒤흔들리더니, 부채꼴 형태로 해일이 퍼져 나갔다.

——바로 그때였다.

〈아주르 포트〉의 문 앞에, 서 있는 누군가가 베이라의 눈에 들어왔다.

(아니, 인간?!)

베이라는 으르렁거렸다.

——그렇다. 인간이다.

키가 크고 훤칠하게 생긴 장년의 사내로, 군복 같은 옷을 입고 있었다.

(——저 인간이 〈아주르 포트〉를 기동한 거야?)

드래곤의 본능이 경고했다.

물론 평범한 인간일 리가 없다.

어찌됐든——.

(나를 공격했다는 건, 적이란 거네!)

베이라는 입을 벌리더니, 주저 없이 화염 브레스를 뿜었다.

——하지만 그 업화는 눈에 보이지 않는 벽에 막혔다.

(〈아주르 포트〉의 방어기구!)

베이라는 짜증 섞인 포효를 터뜨렸다.

저 인간은 자신보다 〈아주르 포트〉의 기능을 능숙하게 이용하고 있는 건가?!

“……——.”

그 남자는 무슨 말을 중얼거린 후, 검지로 베이라를 천천히 가리켰다.

(윽, 뭘—— 크…… 아, 아아아아아아앗!)

갑자기 눈앞이 새하얗게 되더니, 의식이 흐릿해졌다.

(이 〈용왕〉에게, 정신…… 지배, 를……?)

마술이 아니다. 드래곤에게는 평범한 마술이 통하지 않는다.

이 힘은, 뭔가 다른 이질적인 힘――.

(여……신…… 로제리아의 힘이야?)

저항해도 소용없다. 새하얗게 덧칠되는 의식 속에서――.

――어째선지, 그 녀석의 모습이 머릿속에 떠올랐다.

(뭐, 뭐야……. 왜…… 그 녀석의, 얼굴, 이――.)

……르…… 그, 르…… 오오오오오오오오오오오오오오오!

진홍색 용의 포효가, 대기를 찢었다.

◆

“역시 〈마왕〉으로 불리는 존재는 만만하지 않군――. 내 〈성검〉의 힘을 깰 줄이야.”

〈용왕〉이 사라진 하늘을 올려다보면서, 백발 사내가 중얼거렸다.

설령 〈마왕〉일지라도, 그 〈성검〉의 힘을 깰 수는 없다.

그것은 최강의 〈마왕〉―― 리바이즈 딥 씨를 통해 이미 검증했다.

하지만 저 〈용왕〉은 그 지배에서 벗어났다.

이유는 모르지만, 드래곤의 신비한 힘 덕분일지도 모른다.

지배는 실패했지만, 혼란에 빠진 정신 탓에 폭주 상태에 처했으리라.

——다음에는 실패하지 않겠다.

(〈여신〉의 예언이, 어긋나고 있어. 사도들도 초조할 테지.)

여신의 사도보다 먼저, 이 〈아주르 포트〉와 〈해왕〉을 손에 넣는 데 성공했다.

얼음 속에서 깨어난 〈용왕〉이 언젠가 이곳에 오리라고 예상했지만, 이렇게 일찍 접촉한 것은 예상 밖의 행운이다.

——혹시, 〈여신〉이 인도한 운명인 걸까.

(사도들보다 먼저 〈마왕〉을 손에 넣어야만 해——.)

〈해왕〉을 손에 넣었으니—— 남은 마왕은, 넷이다.

〈귀신왕〉은 광란의 〈검성〉에게 먹혔고, 〈네크로조아〉에서 부활한 〈불사자의 마왕〉은 행방을 알 수 없다.

아마 영혼이 제대로 정착되지 않으면서, 전생에 실패했을 테지만——.

남자는 하늘 저편을 쳐다봤다.

폭주 상태인 베이라 드래곤로드는 어디로 향했을까——.

"——쫓아가자. 리바이즈 딥 씨."

백발의 남성은 광대한 바다에 군림하는 최강의 〈마왕〉에게 말을 건넸다.

제1장 마안(魔眼)의 소녀

Demon's Sword Master of Excalibur School

"아가씨, 어쩌죠? 어쩌죠? 사쿠야가──."

"쉿. 지금은 저대로 두자."

"으음…… 하, 하지만 신경 쓰인단 말이에요."

낮은 목소리로 속삭인 레기나는 당혹스러운 표정을 지었다.

〈흐레스벨그 기숙사〉의 1층에 있는 공용 미팅룸.

그곳의 테이블 위에는 팬케이크, 신선한 채소 샐러드, 옥수수 크림수프, 햄에그, 딸기잼을 곁들인 요거트가 놓여 있다.

레기나가 준비한 아침 식사는 하나같이 맛있어 보였다.

평소와 다름없는 아침 식사 풍경.

하지만, 오늘 아침에는 평소와 다른 점이 있었다.

"큭…… 욱신거려……. 내 〈눈〉이──."

테이블 한편에 앉은 사쿠야가 혼잣말을 중얼거리고 있었다.

한 손으로 왼쪽 눈을 감싸고, 괴로운 듯이 미간을 찌푸리고 있었다.

"억누를 수…… 없는, 건가……. 큭…… 진정해……."

사쿠야는 왼쪽 눈에 안대를 차고 있었다.

의료용 안대가 아닌 패션 안대다.

어울리지 않느냐면, 솔직히 어울리기는 했다.

미형인 사쿠야에게는 뭐든 잘 어울릴 것이다. 하지만 어울린다고 해서, 이상하지 않은 건 아니다.

"왜 갑자기 안대를 한 거죠? 사쿠야가 패션에 눈뜬 걸까요?"

레기나가 귓속말로 그렇게 묻자…….

"으음, 분명 열네 살 특유의 그 병에 걸린 걸 거야."

리세리아가 작은 목소리로 대답했다.

"그 병?"

"알아. 나도 이유 없이 팔에 붕대를 감거나, 교복을 개조하거나, 컬러 콘택트렌즈를 하기도 했어."

"그, 그러고 보니, 그랬죠!"

주인의 기행을 떠올린 건지, 레기나가 화들짝 놀란 표정을 지었다.

"〈성검〉이 각성했을 때를 대비해서 멋진 이름도 생각했어."

"아, 그 노트라면 저도 본 적이 있어요. 아가씨 방을 청소하다가——."

"아, 아무튼, 사춘기에는 흔한 일이니까 그냥 지켜보고 있자."

"하아, 알았어요."

두 사람의 그런 대화를 몰래 들으면서——.

레오니스는 사쿠야 쪽을 힐끔 쳐다봤다.

(내가 준 〈눈〉에, 적응한 것 같은걸.)

아직 제어 면에서 불안정한 것 같지만, 거부 반응이 없다면 걱정할 필요는 없을 것이다.

〈시간의 마안〉에 완전히 적응한다면, 언젠가 눈동자의 색깔도 원래대로 되돌아올 것이다.

(그래도 그 힘을 완전히 활용할 수 있을지는 본인의 재능에 달렸지만——.)

——바로 그때였다. 〈성검학원〉의 안내 방송이 기숙사에 울려 퍼졌다.

『현재 〈제07전술도시(세븐스 어설트 가든)〉는 구 윌리아 제도 부근의 해역을 항행중——.』

이어서 구웅구웅, 하는 땅울림 같은 소리가 발치에서 들려왔다.

"구 윌리아 제도…… 얼추 이쯤이네."

엘피네가 단말에 해역 지도를 표시했다.

——〈세븐스 어설트 가든〉은 대륙 연안을 벗어나서 북서쪽으로 항행하고 있다.

그 목적지는 〈통합제국〉의 중추——.

인류의 거점인 〈제01전술도시〉——〈제도〉 카멜롯이다.

원래 〈세븐스 어설트 가든〉이 〈제도〉로 귀환하는 것은 7개월 후로 예정되어 있었다.

하지만 일전에 발생한 사건. 봉인되어 있던 〈오란〉의 신을 잃은 것에 따른 〈마력로〉의 현저한 출력 저하로——〈강습형 전술도시〉의 본래 역할인 〈하이브〉 섬멸 임무 수행이 불가능해지고 말았다.

그래서 이번에는 귀환 예정을 앞당겨, 〈제도〉에서 〈마력로〉

의 환장 작업 및 도시 전체의 점검을 받게 됐다——는 것이다.

현재 〈세븐스 어설트 가든〉은 이미 연결되어 있던 〈제06전술도시〉 알렉산드리아에 견인되는 형태로 항행 중이다. 또한 〈마력로〉의 출력을 최대한 절약하기 위해서 도시 내부의 생산 시설과 대형 상업 시설도 정지 중이다.

그리고 다양한 지형을 만들어내는 〈성검학원〉의 훈련 필드도 사용 불가 상태다.

이 〈흐레스벨그 기숙사〉의 냉난방 시설도 꺼져 있다.

"꽤 멀리 돌아가는군요."

레오니스는 단말의 화면을 보면서 의문을 입에 담았다.

"응. 〈보이드〉의 암초를 피하려면 이렇게 빙 돌아갈 수밖에 없어."

엘피네는 단말에 표시된 화면을 변경했다.

주위의 해역에는 붉게 빛나고 있는 구역이 몇 개나 존재했다.

〈보이드〉 발생 확률이 극단적으로 높은, 〈허무영역〉으로 불리는 구역이다.

두 개의 전술도시는 허무영역을 우회하는 루트로 이동하고 있는 것 같았다.

"이 속도라면, 4일 후에는 도착하겠네."

"예정대로 도착하면 〈성검검무제〉를 관전할 수 있겠어요."

리세리아가 이어서 말했다.

"아, 그러네요. 작년에는 중계 탐사기 경유로 보내주는 조악한 화질의 영상만 봤잖아요. 정말 기대돼요~."

주먹을 말아쥔 레기나가 눈을 반짝이며 그렇게 말했다.

(흐음. 〈성검검무제〉라. 관심이 가는걸.)

〈성검검무제〉란 1년에 한 번 〈제도〉에서 개최되는, 각 〈전술도시〉의 〈성검사〉의 대표 선수가 모여서 열리는 무투대회다.

〈제도〉의 귀족들이 다니는 명문 〈엘리시온 학원〉, 〈제05전술도시〉에서 보유한 〈대(對) 허수 전투 연구 학교〉, 〈제04전술도시〉의 〈아카데미〉, 〈제02전술도시〉의 〈교도군 학교〉, 〈인류교회〉가 육성하는 〈성 엘미나스 수도원〉.

그리고 최대 규모의 〈성검사〉 육성 기관인 〈제07전술도시〉의 〈성검학원〉.

각 육성 기관의 상위권 부대가 무투대회의 출전권을 얻는다.

제18소대도 출전을 목표로 삼고 있지만, 현시점에서는 랭크가 부족했다.

출전할 수 있는 것은 빨라도 내년 이후이리라.

사람들의 눈길을 끌고 싶지 않은 레오니스로서는 무투대회 출전이 달갑지 않지만 말이다.

아무튼——.

레오니스 또한, 무투대회를 관전하는 것 자체는 좋아하는 편이다.

〈불사자의 마왕〉 시절에는 〈여신〉 로제리아 이슈타리스에게 바치는 제사로서, 〈네크로조아〉의 투기장에서 무투대회를 개최했었다.

——바로 그때였다.

"리세리아! 제18소대 부대장, 리세리아 크리스타리아!"
백금발 소녀가 갑자기 미팅룸에 뛰어 들어왔다.
"뭐, 뭐야……. 어, 펜리스?"
리세리아는 의아한 표정을 지으며 돌아봤다.
허리에 손을 댄 채 리세리아를 노려보고 있는 건, 〈집행부〉 소속의 펜리스 에델리츠였다.
"무슨 일이야……?"
리세리아가 경계심이 희미하게 드러난 투로 묻자…….
"따라오세요. 〈집행부〉 회장님께서 당신을 호출했어요!"
펜리스는 리세리아를 손가락으로 가리키며 그렇게 말했다.
"뭐어?! 회, 회장이?!"
리세리아는 아이스블루 빛깔의 눈을 치켜떴다.
"아가씨, 대체 뭘 하신 거예요?"
"모, 몰라……."
레기나가 작은 목소리로 묻자, 리세리아는 고개를 저었다.
"허락 없이 물냉이밭을 증축한 것 때문일까?"
"훈련 중에 보이드 시뮬레이터를 망가뜨린 일 아닐까요?"
"그, 그건 사고잖아! 아, 일전에 밀크 목욕을 한 걸지도……."
"맞아요, 그거예요! 그것 때문에 기숙사의 배관이 망가졌다거나——."
"아니에요!"
펜리스는 발끈했다.
"으음, 그러면——."

"저도, 자세한 건 몰라요. 아무튼, 〈집행부〉로 오세요."

"알았어……."

리세리아는 탄식하고 자리에서 일어났다.

"아, 세리아 씨. 아침 훈련은 어쩔까요——."

레오니스가 말을 걸자…….

"그렇지. 레오도 같이 갈래?"

"네, 좋아요."

고개를 끄덕인 레오니스는 속으로 잘됐다고 생각했다.

〈집행부〉의 회장은 〈성검학원〉의 실질적 수장이나 다름없다.

(이참에 얼굴 도장을 찍는 것도 나쁘지 않겠지.)

그런 타산적인 생각을 하면서, 마왕은 몰래 음흉한 미소를 머금었다.

◆

펜리스의 안내로 집행부가 있는 중앙 전략 사령탑으로 향했다.

〈성검학원〉 부지는 광대하기에, 기숙사에서 떨어진 곳에 있는 사령탑까지는 걸어서가 아니라 소형 비클로 이동했다.

"레오, 꽉 잡아."

"아, 네……."

비클의 뒷좌석에 앉은 레오니스는 리세리아의 허리를 끌어안았다.

그 백은색 머리카락이 볼에 닿으면서 약간 간지러웠다.

"어머, 아직 비클의 운전 허가증을 취득하지 않은 건가요?"
다른 비클에 탄 펜리스가 미심쩍은 표정을 지었다.
"네. 좀처럼 취득하러 갈 기회가 없어서요."
"그런가요. 강요는 안 하겠지만, 도시 이동에 편리하니 따는 걸 권하겠어요."
"……."
취득하러 갈 기회가 없었다는 말은 반쯤 거짓말이다.
레오니스의 키로는 아직 아슬아슬하게 지면에 발이 닿지 않았던 것이다.
그런 사정을 알고 있는 리세리아는 웃음을 흘리더니…….
"레오는 성장기니까, 곧 탈 수 있게 될 거야."
지면을 박차면서, 비클을 발진시켰다.
"내년이나 내후년쯤 되면 레오의 키가 나보다 더 클지도 몰라."
"그래요……."
〈불사자(언데드)〉의 권속이 된 리세리아는 이제 나이를 먹지도, 육체적으로 성장하지도 않는다.
그 목소리가 약간 쓸쓸하게 들린 것은, 기분 탓일까——?
15분 후, 일행은 전략 사령탑에 도착했다.
엘리베이터를 타고, 29층에 있는 집행 본부로 향했다. 엘리베이터의 창문을 통해, 〈세븐스 어설트 가든〉의 경치를 한눈에 볼 수 있었다.
"그러면 회장님께 안내하겠어요."

펜리스가 벨을 누르자, "들어와."라는 목소리가 들렸다.

(상상했던 것보다 친근한 느낌이 나는 목소리인걸.)

레오니스는 마음속으로 그렇게 생각했다.

자동문이 좌우로 열리자, 청년 한 명이 레오니스 일행을 맞이했다.

"아, 잘 왔어. 리세리아 양——과, 너와는 처음 만나는 거지?"

청년은 몸을 낮춰, 레오니스에게도 정중히 인사를 건넸다.

성검학원의 교복을 입은, 키가 큰 청년이다.

어깨에는 펜리스와 마찬가지로 〈집행부〉의 완장을 찼다.

하지만 가장 눈길을 끄는 것은 두 눈을 감싼 바이저였다.

희미한 마력이 느껴졌다. 아무래도 마도 기기 같았다.

"나는 〈집행부〉 회장, 오베르트 바르단데르스야."

"레오니스 마그너스입니다."

레오니스도 우아하게 인사를 건넸다.

집행부의 회장이면 실질적으로 이 〈성검학원〉에 속한 학생들의 우두머리라고 할 수 있다.

〈마왕〉인 레오니스에게는 하찮기 그지없는 지위지만, 앞으로의 학교생활을 생각하면 경의를 표해서 손해 볼 일은 없으리라.

"나는 눈이 안 좋거든."

그는 손가락 끝으로 바이저를 가볍게 두드렸다.

"이걸 벗을 수가 없어. 양해해 줬으면 해."

"양해라뇨. 괜찮습니다."

레오니스는 고개를 저으면서, 머릿속으로 기억을 뒤졌다.

〈집행부〉의 회장이라면 강력한 〈성검〉을 지녔을 것이다.
하지만 이제까지 〈보이드〉가 출현한 전선에서 그 모습을 본 적은 없다.
(그렇다면 이 남자의 〈성검〉은 전투에 적합한 타입이 아닌가?)
아니면 엘피네의 〈천안(天眼)의 보주(아이 오브 더 위치)〉처럼 정보 해석 능력을 지닌 〈성검〉일지도 모른다.
(그렇다면 방심하지 않는 게 좋겠군.)
마력 차단은 완벽하지만, 이능의 힘인 〈성검〉의 능력은 미지수다. 마력과는 상관없이, 레오니스의 정체를 간파할지도 모른다.
"자, 안으로 들어와서 앉아."
그는 천천히 몸을 일으키더니, 방 안으로 들어올 것을 권했다.

◆

"라이엇의 일로 너희에게 폐를 끼쳤어. 〈집행부〉의 회장으로서 진심으로 사과하지."
오베르트는 회의실의 의자에 앉더니, 그렇게 말하며 고개를 숙였다.
"회장님이 사과할 일이 아니에요."
"그렇다고 전혀 상관이 없는 건 아니잖아. 그 또한 〈집행부〉의 멤버니까 말이야."
펜리스가 눈썹을 살짝 찌푸리며 그렇게 말하자, 오베르트는 고개를 저었다.

“저기, 라이엇 선배의 상태는——.”

“현재는 〈마검〉의 영향이 나타나고 있지 않은 것 같아. 안심하도록 해.”

“그렇군요…….”

리세리아는 안도한 표정을 지었다.

“——자아, 그럼 본론에 들어가도록 할까.”

오베르트의 눈이 바이저 너머에서 빛났다.

리세리아는 긴장한 것처럼 자세를 바르게 고쳤다.

“사실 〈제도〉의 원로원에서 학교에 통지가 왔어. 너희들 제18소대를 특별 초대 부대로 〈성검검무제〉에 초대하고 싶나 봐.”

“네엣?!”

리세리아는 아이스블루 빛깔의 눈을 치켜떴다.

“저, 저희를, 〈성검검무제〉에 말인가요?!”

“……?”

한편, 레오니스는 미심쩍다는 듯이 눈썹을 찌푸렸다.

——〈성검검무제〉.

오늘 아침의 미팅에서 언급된, 〈제도〉에서 개최되는 무투대회다.

하지만 출전 자격은 상위 랭크 부대만 있다고 들었다.

특별 초대 부대라는 게 대체 무슨 소리일까?

“저기, 어째서 저희를……?”

리세리아는 머뭇머뭇 물었다.

"글쎄. 그건 나도 알지 못해. 하지만, 추측은 할 수 있지——."

오베르트는 검지를 세우며 말했다.

"리세리아 양. 네가 최근에 〈성검〉의 힘에 눈뜬 것은 〈제도〉에서도 꽤 화제가 되고 있어. 그리고 〈히페리온〉에서 제4왕녀를 구출한 활약도 말이지."

"그, 그런가요?"

"그래. 게다가 너의 과거도 과거잖아. 6년 전 그 〈스탬피드〉에서 기적적으로 살아남은, 에드와르도 크리스타리아 공작의 딸. 〈제국〉 대귀족의 딸이 〈성검〉에 눈떴으니, 시민들에게 주목받을 만하지."

"——그렇군요. 이해는, 했어요."

리세리아는 표정을 굳히며 고개를 끄덕였다.

똑똑한 리세리아는 그 말의 의미를 금세 눈치챘을 것이다.

리세리아를 사기 진작을 위한 도구로 삼으려는 것이다.

(——인간들이 할 법한 짓이지.)

과거에 〈로그너스 왕국〉 놈들은 레오니스와 그의 동료들을 세상을 구할 용사로 추켜세웠다.

국민의 마음을 하나로 모으는 데 있어서, 어느 시대에서나 효과적인 방법일 것이다.

비극을 극복하고, 〈성검〉의 힘에 눈뜬 영웅의 딸. 게다가 객관적으로 보기에도 절세의 미소녀인 리세리아의 외모는 그 역할에 안성맞춤이었다.

"물론 〈집행부〉로서는 강요할 생각이 없어. 너희가 거부한다면, 관리국에는 우리 쪽에서 잘 이야기해 두지. 어떻게 할래?"
오베르트는 온화한 어조로 물었다.
리세리아는 잠시 생각에 잠기더니…….
"저기, 영광스러운 이야기이기는 하지만, 우선 소대원들과 상의하고 싶어요."
"아, 물론 그렇게 해. 하지만 시간은 많지 않아."
"네. 감사합니다."
리세리아는 고개를 깊이 숙였다.
무심코 레오니스도 같이 고개를 숙일 뻔했지만, 〈마왕〉이 그렇게 몇 번이나 가볍게 고개를 숙여서는 안 된다고 생각해서 등을 꼿꼿이 폈다.
펜리스는 의아한 표정을 지었다.
"그건 그렇고, 꽤 갑작스러운 이야기군요. 일찍 연락을 줬다면 여러모로 준비가 가능할 텐데 말이죠."
"실제로 급하게 결정된 건이겠지. 원래 〈세븐스 어설트 가든〉은 〈제도〉로 향할 예정이 아니었으니 말이야."
"그렇군요……."
"이야기는 이게 다야. 잘 생각해 보고 다시 찾아오도록 해. 펜리스——."
"네. 1층까지 배웅하겠어요."
오베르트가 이름을 부르자, 펜리스가 새침하게 문밖으로 나갔다.

◆

〈집행부〉 건물에서 나온 레오니스와 리세리아는 실내 단련장으로 향했다.

원래 이 시간은 리세리아를 권속으로서 단련하는 시간이다.

"그나저나 세리아 씨는 어떻게 할 건가요?"

인증을 위해 문에 학생증을 댄 레오니스는 그렇게 물었다.

"〈성검검무제〉에 출전하는 건 매우 영광스러운 일이야. 설령 화제를 모으기 위한 도구일지라도 말이지."

"그렇다면 참가할 생각이군요."

"다른 사람들이 동의해 준다면 말이야. 레오는 어때?"

"저는, 아무래도 상관없지만——."

레오니스는 모호하게 말끝을 흐렸다.

솔직히 말하자면, 그렇게 사람들 눈길을 끄는 무대에 서고 싶지는 않다. 하지만 레오니스가 참가하지 않는다고 하면, 리세리아가 아쉬워할 것이다.

(게다가 메리트가 없는 것도 아니지.)

단련장으로 가는 중 리세리아에게 들은 이야기에 따르면, 우승한 부대는 거액의 상금을 받을 뿐만 아니라 왕족을 알현할 기회도 주어진다고 한다.

상금은 아무래도 상관없지만, 왕족에게 자연스럽게 접근할 수 있다는 건 나쁘지 않다.

(뭐, 되도록 눈길을 끌지 않으면서 서포트하면 되겠지.)

"——난 옷 갈아입고 올게."

리세리아는 트레이닝웨어로 갈아입기 위해 탈의실에 들어갔다.

홀로 남은 레오니스는 트레이닝룸을 둘러봤다.

평소 이용하는 실내 훈련 시설에 비해 좁고, 벽도 약해 보였다.

여기서는 마술이나 〈성검〉을 이용한 본격적 훈련은 불가능할 것이다.

(뭐, 기초 단련을 하면 돼. 기초는 중요하니까 말이야.)

문득, 검술 수련에 빠져 지낸 소년 시절이 떠올랐다.

그 시절. 빈민가 골목에서 거둬져서 〈로그너스 왕국〉의 기사단에 입단한 레오니스는 매일 쓰러질 때까지 그 남자와 검을 맞댔다.

"흥……."

한순간 뇌리를 스친 기억의 잔재 탓에, 레오니스는 불쾌하다는 듯이 입가를 일그러뜨렸다.

어째서, 그 남자를 떠올린 것일까.

인간이었던 시절의 기억 따위, 대부분 사라졌는데.

(그놈과 싸운 탓, 이겠지.)

레오니스는 속으로 투덜거렸다.

〈육영웅〉 최강의 〈검성〉—— 샤다르크 신 이그니스.

과거 용사 레오니스의 스승이었던 남자다.

인류의 영웅으로 칭송받던 그 남자는 허무의 화신 〈보이드 로드〉가 되었고, 1000년 세월을 넘어서 레오니스의 앞에 다시 나타났다.

그 힘은 건재하다 못해 더욱 강해졌으며, 지금의 레오니스를 압도했다.

〈마왕〉 중 한 명인 〈귀신왕〉 디졸프와 융합해 마검 〈다인슬레이프〉가 통하지 않는 상태에서는 승산이 없었다.

(그때. 내가 〈성검〉의 힘에 눈뜨지 않았다면, 말이지――.)

――〈성검〉.

레오니스는 자신의 두 손을 봤다.

그리고 미간을 찌푸리며 조용히 읊조린다.

"――〈액티베이트〉."

하지만 그 목소리는 트레이닝룸에 허무하게 울려 퍼지기만 했다.

(어째서지?)

레오니스는 그 이후로 〈성검〉을 불러내지 못했다.

뭔가 요령 같은 것이 있나 싶어서 리세리아에게 의견을 구하기도 했지만…….

『으음…… 글쎄. 머릿속으로 상상하는 거야. 그 〈성검〉의 형태와 그것을 손에 쥔 자신의 모습을 떠올리면서 '에잇!' 하는 느낌이네.』

그렇게 알쏭달쏭한 대답만 들었다.

애초에 레오니스는 그 무기를 상상하는 게 어렵다.

〈총〉――그것은 1000년 전에 존재하지 않았던 무기다.

지하 영묘에서 리세리아와 만났을 때 처음 봤다.

〈성검〉을 모방해서 만들었다는, 준(準) 기사의 무기——〈레이 호크〉.

학교 강의에서, 〈성검〉이란 자신의 영혼을 구현한 것이라고 가르친다.

그렇다면, 어째서 레오니스는 그런 형태의 〈성검〉을 구현한 것일까——?

육체는 인간이지만, 그 내면에 존재하는 영혼은 〈불사자의 마왕〉인데——.

(〈성검〉이란, 대체 뭐지……?)

트레이닝룸 벽에 기대고 선 채, 홀로 생각에 잠겨 있을 때였다.

"……님, 마왕님——."

아래에서 누군가가 소매를 잡아당긴 바람에 하마터면 넘어질 뻔했다.

아래를 보니 메이드 복장의 소녀가 그림자에서 얼굴만 내밀고 있었다.

"셜리인가. 무슨 일이지?"

"마왕님께, 보고를 올릴 일이 있습니다."

레오니스가 고개를 끄덕이자, 셜리는 쑤우우욱……하고, 그림자 밖으로 나왔다.

"흠, 긴급한 건이냐?"

"마왕님께서 전에 명하셨던, 〈제도〉에 있는 지하 조직에 관한 정보입니다. 여의찮으시다면 나중에 보고하겠습니다만……."

레오니스는 리세리아가 들어간 탈의실의 문을 쳐다봤다.

보고를 들을 시간은 있을 것이다.

"아니, 지금 듣지. 짤막하게 부탁한다."

"네——."

레오니스가 그렇게 말하자, 셜리는 손에 쥔 보고서를 읽기 시작했다.

"현재, 제도 〈카멜롯〉에는 지하 조직이 무수히 존재합니다만, 그중에서 이름이 알려진 것은 아인을 주축으로 한 〈왕랑파(王狼派)〉와 현 삼왕가의 지배에 이의를 제기하는 〈구제국 동맹〉, 〈보이드〉에 의한 구원을 설파하는 〈파멸교단(아포칼립토)〉, 〈허무복음파〉. 정체는 알려지지 않았습니다만, 구제국 시대부터 이어져 온 비밀결사 〈이샤 무기상회〉 등이 있습니다."

"흠. 〈제국〉도 내부에 많은 적이 있는 것 같군."

〈보이드〉라는 공통되는 적이 존재하는데도, 완전히 단결되지 않는 것 같았다.

그런 점은 1000년 전과 크게 다르지 않다고 말할 수 있을 것이다. 그래서 인류는 단결을 위해 〈육영웅〉이라는 강대한 지도자들이 필요했던 것이다.

"그건 그렇고, 이해가 안 되는걸. 〈허무〉에 구원을 청하는 자들이 있는 건가."

"1000년 전에도 마왕님에게 구원을 바라며 언데드가 되려 한 인간이 있었어요."

"아, 그랬지……."

어느 시대에나 괴짜는 존재한다. 그러고 보니 〈광란의 연금술사〉 제마인과 〈명부의 기사〉 슈나이저도 인류를 배신하고 언데드가 된 자들이다.

"일단 그 〈허무〉를 숭배하는 놈들은 뒤로 미루자. 말이 통할 상대가 아닐 것 같군."

"——알겠습니다."

"우선 반 제국주의의 무장 조직을 전부 〈마왕군〉에서 흡수하도록 하지. 나에게 복종한다면 상관없지만, 만약 적대하려는 자가 있다면 철저하게 짓밟아서 다른 조직에 〈마왕〉 졸 바디스의 공포를 똑똑히 가르쳐줘라."

"——네, 그리하겠습니다."

셜리는 고개를 꾸벅 숙였다.

"당분간은 레나 다크리프를 교섭 담당으로 삼아서, 사전 교섭을 진행하도록."

그 다크 엘프 소녀는 참 똑똑하다. 아마 적임자일 것이다.

"교섭 담당의 호위로 아르레 키르레시오와—— 사쿠야를 동행시켜라."

"마왕님께서 〈시간의 마안〉을 하사한 검사군요."

셜리는 레오니스에게 눈을 흘겼다.

"무슨 문제라도 있느냐?"

"아뇨. 마왕님께서는 닥치는 대로 권속을 늘리시는 것 같다고 생각했을 뿐이에요!"

셜리는 볼을 부풀리더니, 고개를 휙 돌렸다.

"사쿠야는 권속이 아니다. 내 동맹이지."

사쿠야에겐 리세리아처럼 권속의 각인을 내려주지 않았다.

어디까지나 대등한 거래로서, 힘을 제공했을 뿐이다.

"흐응, 그래요? 그러면 역시 〈뱀파이어 퀸〉은 특별한 거군요!"

"그건…… 뭐, 그렇다고 할 수 있으려나."

특별한 권속이 아니라면, 귀중한 〈진조의 드레스〉를 내려주지 않았을 것이다.

"으으, 특별한가요……. 그런가요."

셜리는 불만을 드러내듯 볼을 부풀렸다.

레오니스는 탈의실 쪽을 힐끔 쳐다보더니…….

"——더 보고할 내용은 없느냐?"

"네. 일단은 없습니다. 아, 그리고 확인 삼아 묻겠는데, 그 엘프 용사는 아직 그대로 둬도 괜찮을까요?"

"음? 아, 그래——."

아르레 키르레시오—— 엘프의 용사.

레오니스와 마찬가지로 〈검성〉 샤다르크 신 이그니스의 제자.

〈낭마중(狼魔衆)〉에 잠입해서, 마왕 〈졸 바디스〉의 암살을 꾀하고 있는 것 같았다.

신들이 창조한 마왕을 죽이는 무기, 〈디 아크 세븐스〉—— 그중 하나인 〈크로우작스〉를 소지하고 있기에 방심할 수는 없지만, 그 정도 힘은 레오니스에게 위협이 되지 않는다.

하지만 그자에게는 아직 신경 쓰이는 점이 있다.

예전에 레오니스가 마술로 기억을 훔쳐보려 했을 때, 누군가가 그자를 통해 이쪽을 관찰하고 있다는 것을 감지했다.
아르레가 이 시대에 나타난 것은 〈정령의 숲〉 장로수(長老樹)가 꾸민 일이라고 생각했지만, 아무래도 그 배후에 다른 세력이 존재하는 것 같았다.
(그리고 아르레 본인은 그것을 모르는 건가——.)
"명령만 내리신다면, 제가 암살——."
"그럴 필요는 없다. 지금은 우리 손이 닿는 곳에 두고 감시하기만 하면 돼."
레오니스는 고개를 저은 후, 질문을 던졌다.
"그런데, 브라커스의 상태는 어떻지?"
"네. 그림자를 먹으며 순조롭게 회복 중입니다."
샤다르크와의 싸움에서 힘을 혹사했던 브라커스는 현재 그림자 왕국, 〈렐름 오브 섀도〉에서 휴양 중이다.
원래 힘을 되찾으려면 대량의 그림자를 흡수할 필요가 있다.
"——그래. 나도 나중에 병문안을 가봐야겠군."
"때로는 생선이 먹고 싶다고 하셨어요."
"알았다. 사쿠야에게 부탁해서, 건어물을 구해 봐야겠는걸."
레오니스는 고개를 끄덕이더니…….
"셜리여. 브라커스가 움직이지 못하는 만큼, 지금 내 눈이 되어줄 자는 너뿐이다. 〈제도〉에서는 지금보다 더 활동하게 될 테지. 기대하마."
"——네. 맡겨만 주십시오, 마왕님."
셜리는 공손히 고개를 숙였다.

"이미 〈제도〉에서의 정보 수집을 시작했습니다."

"음. 그래. 역시 대단한걸."

"인기 디저트 가게는 대부분 체크를 마쳤습니다!"

셜리는 눈을 반짝이며 주먹을 말아쥐었다.

"대단한걸……."

레오니스는 왠지 불안이 엄습했다.

(〈무라쿠모〉라는, 〈오란〉의 첩보부대를 흡수하는 게 좋을지도 모르겠군.)

바로 그때——.

"레오? 지금 누구랑 얘기하고 있어?"

탈의실 문이 열리더니, 스포츠 웨어로 갈아입은 리세리아가 모습을 보였다.

"——아뇨. 이제 단련을 시작하죠."

레오니스는 아무 일도 없었다는 듯이 태연히 대답했다.

셜리는 이미 그림자 안으로 모습을 감췄다.

◆

(〈오란〉의 용병부대—— 역시, 오빠의 사병으로 고용되어 있었던 것 같네…….)

〈애스트럴 가든〉—— 마력소자를 통해 구축된—— 가상의 전술도시.

검은 날개가 달린 천사 형태의 아바타로 몸을 감싼 엘피네는 눈앞의 장벽을 노려봤다.

격자 형태의 장벽은 〈애스트럴 가든〉의 방위 시스템을 시각화한 것이다.

엘피네는 마음만 먹으면 학교 단말을 통해 군의 기밀 정보에도 접촉할 수 있지만, 〈피렛〉의 방위 시스템은 군의 시스템보다 견고했다.

(〈마검계획〉. 이렇게 조사했는데도, 유력한 단서를 손에 넣지 못하다니…….)

――〈성검〉을, 〈마검〉으로 변환하는 실험.

예전에 군에서 포기했던 그 실험을, 피렛 재단이 이어받았다.

〈마검〉의 힘이 깃든 〈성검〉 사용자는 정신에 문제가 발생한다.

제7소대 대장이었던 라이엇 기네스도, 그 마검의 힘에 삼켜지고 말았다.

그것만이 아니다.

폭주한 〈마검〉은 마치 〈보이드〉 같은 형태로 변화한다.

〈보이드〉를 멸하기 위한 〈성검〉의 힘이, 허무에 침식되고 마는 것이다.

어째서 피렛은 그런 위험한 실험을 이어가고 있는 것일까.

이제까지 엘피네가 알아낸 것은 단편적인 정보뿐이었다.

〈오란〉의 용병부대 〈검귀중〉이 〈마검계획〉의 실험에 관여했다.

그리고 그들은 오빠인 핀젤 피렛에게 고용되어 있었다.

오빠가 독단으로 진행했을 리가 없다.

이런 대대적인 계획은 피렛 재단 총수의 입김이 닿아 있을 것이다.

이 타이밍에 〈제도〉로 돌아가게 된 것은 기회일지도 모른다.

(——예정은 앞당겨졌지만, 벽에 부딪힌 상황이니까.)

결국 두 오빠, 그리고 그 남자와 결판을 내야만 한다.

피렛 백작가—— 강대하기 그지없는 조직에 홀로 맞설 수 있을까.

(언니는 아직 신용할 수 없잖아.)

피렛과 적대하는 건 엘피네와 마찬가지지만, 그 언니는 황제의 동생 휘하에서 위험한 계획을 추진하고 있는 것 같았다.

학교의 〈관리국〉 또한 군과 이어진 만큼, 신용할 수 없다.

완전히 신용할 수 있는 건—— 제18소대의 동료뿐이다.

(〈마검계획〉을 이야기하면, 협력해 줄까??)

하지만 그것은 그들을, 자신의 싸움에 끌어들이는 것을 의미한다.

(어떻게 해야…….)

눈앞의 장벽 앞에서, 엘피네는 고민했다.

——바로 그때, 한 소년이 뇌리에 떠올랐다.

겉모습은 아직 앳된, 열 살 소년.

하지만 강대한 힘과 비밀을 지니고 있을 것이다.

그 아이라면, 자신과 함께 강대한 적에게 맞서 싸워줄까——?

◆

"어?! 우리가 〈성검검무제〉의 특별 초대 부대로 뽑혔어요?"

레기나는 입을 열자마자 깜짝 놀란 목소리로 그렇게 외쳤다.

——저녁때. 리세리아는 미팅룸에 제18소대의 대원들을 소집하고, 오늘 아침 오베르트 회장에게 들은 내용을 이야기했다.

"응. 일단 답변을 보류하기는 했는데, 다들 어떻게 생각해?"

그렇게 말한 리세리아는 이 자리에 모인 이들을 둘러봤다.

레오니스는 그녀의 옆에서 느긋하게 도넛을 먹고 있었다.

"나는 바라는 바야."

사쿠야는 즉시 그렇게 답했다.

"큰 무대에서 〈오란〉 검사의 실력을 뽐내고 싶어. 게다가 상금도 탈 수 있잖아."

리세리아는 고개를 끄덕인 후, 엘피네 쪽을 돌아봤다.

"피네 선배는요?"

"그러네……."

그러자 엘피네는 잠시 생각에 잠긴 반응을 보인 후…….

"나도 영광스러운 일이라고 생각해. 하지만 세리아는 정말 괜찮겠어?"

배려하는 듯한 어조로 그렇게 물었다.

"저…… 말인가요?"

"응. 〈제도〉의 원로원은 크리스타리아 공작의 딸인 너를 사기 진작을 위한 도구로 이용하려는 거잖아? 그게 어떤 결과로 이어질지 알 수 없어."

〈성검검무제〉에서 좋은 결과를 내놓지 못한다면 실망에 찬 눈길을, 그리고 좋은 결과를 내놓는다면 본의 아닌 주목을 끌 것이다.

하지만――.

"감사해요, 선배."

리세리아는 미소를 머금으며 고개를 저었다.

"하지만 저는 출전하고 싶어요. 아버지, 그리고 크리스타리아 기사단의 명예를 위해서요. 그리고 오랫동안 〈성검〉이 각성하지 않았던 제가 〈보이드〉와 싸우는 사람들의 희망이 될 수 있다면, 그보다 기쁠 일은 없을 거예요."

리세리아가 자신의 마음을 털어놓자――.

엘피네도, 레기나와 사쿠야도 고개를 끄덕였다.

"알았어. 이미 각오했다면, 출전하도록 하자."

"저는 물론 아가씨를 따라가겠어요. 메이드니까요."

레기나는 어깨를 으쓱하며 그렇게 말했다.

"――다들, 고마워."

리세리아는 살며시 고개를 숙이더니…….

"그렇다면 오늘부터 특별 메뉴로 훈련해야겠네!"

갑자기 그런 말을 입에 담았다.

"트, 특별 메뉴인가요?"

레기나가 되물었다.

"응. 〈성검검무제〉까지 시간이 얼마 안 남았잖아. 대전 상대인 부대, 선수 분석, 그리고 그것을 고려한 팀 훈련도 해야 해."

"올해 〈성검검무제〉 일정은, 분명…… 12일 후, 였을 거야."

엘피네가 단말로 스케줄을 확인했다.

"특별 훈련도 좋지만, 〈제도〉에 도착하더라도 〈마력로〉의 환장이 끝날 때까지는 〈성검학원〉의 대형 훈련 시설을 이용하지 못하잖아요?"

"응……. 그래."

레기나의 지적을 들은 리세리아가 난처한 표정을 지으며 고개를 끄덕였다.

온갖 지형을 재현하는 대형 전투 필드는 〈마력로〉 감쇠의 영향으로 이용할 수 없으며, 현재는 부대 간의 대전도 치러지지 않고 있다.

일단 야외 운동장은 이용할 수 있지만, 대규모 파괴를 일으키는 〈성검〉의 사용은 한정적으로만 허락되고 있다. 결국 기초 훈련이라면 몰라도, 실전 형식의 특별 훈련을 할 수는 없다.

다른 시설도 학교의 각 부대가 몰리는 탓에 이용하기 어렵다.

유용한 시설 대부분은 〈성검검무제〉에 정식으로 출전하는 상위 엘리트 부대가 우선하여 이용하고 있기에, 특별 초대 부대인 제18소대는 자유롭게 이용하기 어려우리라.

즉, 개최일까지 충분한 훈련할 수 없다.

"기숙사 뒤 숲에서 수행하는 건 어떨까?"

사쿠야가 그런 제안을 했지만…….

"사쿠야의 훈련은 아무도 흉내 낼 수 없다고요."

레기나는 딱 잘라 그렇게 말하며 고개를 저었다.

확실히 사쿠야의 수행 방식은 너무 독특해서 다른 사람이 따라 하긴 어려울 것이다.

(내 〈렐름 오브 섀도〉를 훈련장으로 내줄 수도 없고 말이지.)

――바로 그때였다.

"훈련 장소라면, 준비해 줄 수 있을지도 몰라."

엘피네가 차분한 목소리로 그렇게 말했다.

"선배, 정말인가요?!"

리세리아는 눈을 치켜떴다.

"〈제도〉에 도착한 후이기는 한데, 〈피렛〉의 병기 개발 실험 시험에 쓰이는 시험장이 있어. 〈성검학원〉의 전투 필드에는 미치지 못해도 충분한 훈련이 가능할 만큼 넓고, 〈성검〉 또한 얼마든지 써도 돼."

"저, 정말 괜찮겠어요? 선배는――."

리세리아는 무심코 말을 이으려다 입을 다물었다.

엘피네는 본가인 〈피렛사〉와 사이가 좋지 않다.

그 엘피네는 쓴웃음을 머금더니…….

"괜찮아. 어차피 〈제도〉에 돌아가면 얽힐 수밖에 없는걸. 그렇다면 재단 영애의 지위를 최대한 활용하는 거야."

곧 심술궂은 미소를 지었다.

"그래. 기왕이면 시험장 근처 계열사 호텔도 확보해 놓자."

"어, 숙박 시설까지요?! 그래도 그건 너무――."

리세리아는 사양하려 했지만, 엘피네는 괜찮다는 듯이 고개를 저으며 단말을 조작했다.

"으음…… 그러면 호의를 감사히 받겠어요. 잘 쓸게요!"

리세리아는 예의 바르게 고개를 숙였다.

"왠지 합숙하는 것 같아서 기대되네."

그렇게 말하며 고개를 끄덕이는 엘피네의 표정에서——.

(어?)

레오니스는 살짝 어색한 느낌이 들었지만——.

그것이 너무나도 작았기에, 그 정체는 눈치채지 못했다.

◆

"——여기 있었구나, 알티리아."

"앗, 샤트레스 언니!"

아름다운 꽃이 흐드러지게 피어있는, 광대한 정원.

그 한편에 있는 소궁전의 벤치에서 책을 읽고 있던 소녀가 고개를 들었다.

사라수의 꽃 같은 금발을 묶어 올린, 비취색 눈 소녀였다.

나이는 열두 살. 가련한 외모에는 아직 앳된 느낌이 있지만, 곧 아름다운 꽃으로 성장하리라는 것은 쉬이 상상할 수 있었다.

〈인류통합제국(임페리얼)〉을 통치하는 삼왕가.

그중에서 현 황제를 배출한, 올티리제 가문의 막내딸.

제4왕녀—— 알티리아 레이 올티리제다.

"벌써 돌아오셨군요."

"그래. 〈성검검무제〉에 맞춰서 〈성검〉을 손보고 싶거든."

그 알티리아에게 반말로 말을 건넨 사람은 그 언니인 제3왕녀 샤트레스 레이 올티리제.

알티리아가 어여쁜 백합이라면, 샤트레스는 화려하게 핀 장미다.

화사한 금발을 허리까지 기르고, 군복 같은 드레스를 입었으며, 허리춤에는 검도 찼다.

열일곱 살인 샤트레스는 왕족이자, 최전선에서 〈보이드〉와 싸우는 부대를 지휘하는 〈성검사〉다.

"몸은 괜찮은 거야?"

"네. 이제 깨끗하게 나았어요."

"그래. 다행이야."

샤트레스는 미소를 지었다. 부하들 앞에서는 저런 표정을 절대로 짓지 않는다.

〈세븐스 어설트 가든〉에서 발생한 〈히페리온〉 사건 이후로 몸이 쭉 좋지 않았던 알티리아가 순조롭게 회복된 것이다.

"올해도 언니의 멋진 모습을 볼 수 있겠군요."

"기대해 줘. 뭐, 조금은 싸울 맛이 나는 상대와 만날 수 있으면 좋겠는걸."

샤트레스는 그렇게 말하며 어깨를 으쓱했다.

하지만 그런 상대가 나타날 리가 없다.

실버 블러드 소드 디아
——〈은혈(銀血)의 천검희(天劍姬)〉.

샤트레스 레이 올티리제는 최강의 〈성검사〉인 것이다.

"나타날지도 몰라요."

"응……?"

"후후." 하고 알티리아는 의미심장한 미소를 머금었다.

"〈세븐스 어설트 가든〉 대표 중에, 특별 초대 부대로 뽑힌 소대가 있어요."

"——특별 초대 부대? 처음 듣는걸."

샤트레스는 미간을 살짝 모았다.

동생이 농담한다고 여기는 것이리라.

하지만 알티리아는 알고 있다.

그 〈히페리온〉에서 자신을 누가 구했는지를.

무시무시한 마녀에게 끌려간 그 폭풍이 휘몰아치는 갑판에서, 알티리아는 봤다.

열 살 소년이 거대한 〈보이드〉를 해치우는 광경을——.

얼마 후면 〈세븐스 어설트 가든〉이 도착한다.

(그분과, 또 만날 수 있는 거군요.)

열두 살 소녀의 가슴은 부푼 기대로 벅차올랐다.

제2장 제도 〈카멜롯〉

Demon's Sword Master of Excalibur School

〈제도〉의 상징인 제국부(帝國府)의 타워가 가까워지자, 〈세븐스 어설트 가든〉의 시민 사이에서는 크나큰 안도와 환희가 퍼져나갔다.

도중에 몇 번이나 〈마력로〉가 문제를 일으킨 탓에 항행을 일시 중지했지만, 바다에 존재하는 〈보이드〉와의 전투는 한 번도 발생하지 않았다.

암흑대륙 이탈로부터 128시간 후. 제국 표준 시각—— 1030.

도달 예정 시각보다 17시간 늦게, 〈제07전술도시〉 테르미너스 및 〈제06전술도시〉 알렉산드리아는 〈제도〉의 연결용 플로트 베이 에어리어에 접속했다.

◆

"레오, 짐은 다 챙겼어? 빠뜨린 건 없지?"

플로트 베이의 연결 터미널. 짐이 가득 든 여행용 가방을 손에 쥔 리세리아가 레오니스를 돌아보며 걱정 섞인 목소리로 그렇게 물었다.

"걱정하지 마세요. 저는 짐이 그렇게 많지 않으니까요."

레오니스는 어깨를 으쓱했다.

레오니스의 짐 대부분은 〈렐름 오브 섀도〉의 보물전에 있다.

보물전에는 적대하던 왕국을 멸망시키고 빼앗은 금은보화와 신들을 해치우고 손에 넣은 보구 같은 다양한 전리품이 들어 있다. 그리고 레오니스는 빼앗은 보물을 대충 두는 버릇이 있는 탓에, 관리자인 셜리는 항상 불평을 늘어놨다.

"호텔에 필요한 물품이 대부분 있으니까, 걱정하지 않아도 돼."

엘피네는 희미하게 쓴웃음을 머금으며 그렇게 말했다.

"뭐, 나는 거의 빈손이니 잘됐네."

"사쿠야는 물건이 너무 적거든?"

"도박에 져서 기숙사의 비품 대부분을 전당포에 맡겨놓은 상태거든."

"학교 측에서 가만있지 않을 것 같은데요?"

"뭐, 다음에 따서 되찾으면 아무 문제 없어."

흣, 하고 자신만만하게 고개를 끄덕이는 사쿠야.

(설마 〈마안〉을 도박에 쓰려는 건 아니겠지?)

레오니스는 그런 걱정에 사로잡혔다.

"——아, 게이트가 열리네요. 저희 차례예요."

레기나가 손가락으로 가리킨 곳을 쳐다보니, 터미널의 문이 열려 있었다.

〈성검학원〉의 신분증을 이용해 간단한 수속을 마친 후, 레오니스 일행은 〈제도〉의 〈센트럴 가든〉까지 직통으로 연결된 〈리니어 레일〉에 탑승했다.

컴파트먼트의 개인실에 들어가자, 리세리아는 레오니스를 창가 자리에 앉혔다.

"연결 브리지를 통과하면, 바깥 경치가 보일 거야."

"〈세븐스 어설트 가든〉과 많이 다른가요?"

레오니스가 묻자, 리세리아는 잠시 생각에 잠긴 뒤 대답했다.

"그래. 〈세븐스 어설트 가든〉은 〈보이드〉의 〈하이브〉를 섬멸하기 위해 건조된 강습 특화형 전술도시지만, 이 〈제도〉는 인류를 지키기 위한 요새로서 설계되어서 전투 시설은 그렇게 많지 않아——."

이 〈제01전술도시〉의 규모는 〈제07전술도시〉의 약 열네 배. 거주용 플로트는 지금도 증설되고 있으며, 현재도 확장 중이다.

그래서 〈제07전술도시〉처럼 고속으로 항행할 수 없으며, 대부분의 기간은 대륙 연안에 있는 이 해역에 머무른다.

"〈제도〉의 방위를 담당하는 건 〈제02전술도시(세컨드 어설트 가든)〉. 이 두 도시는 항상 행동을 함께해. 〈세븐스 어설트 가든〉을 검이라고 한다면, 〈세컨드 어설트 가든〉은 방패 역할을 하는 거야."

맞은편에 앉은 엘피네가 전술도시의 운용 이론을 설명했다.

현재 7기가 건조된 〈전술도시〉는 〈보이드〉와의 전투에 가장 유효한 〈스트라이크 그룹〉을 형성하고 있다.

장래에는 12기의 〈전술도시〉를 건조 예정이라고 하는데, 6년 전에 괴멸된 〈제03전술도시(서드 어설트 가든)〉의 복구에는 수십 년이 걸릴 것으로 예상된다.

——〈리니어 레일〉이 지상으로 나왔다.

창문을 통해 햇빛이 쏟아져 들어오더니, 〈제도〉의 풍경이 눈앞에 펼쳐졌다.

(——여기가 〈제도〉인가.)

적층 구조물이 줄지어 존재했다. 온갖 장소에 거대한 배관이 설치되어 있었다.

이미 셜리에게 시가지 정찰을 지시했지만, 실제로 두 눈으로 봐야만 알 수 있는 것도 많았다.

〈제도〉—— 인류의 요새가 된, 최초의 전술도시.

여기에서, 무언가가 기다리고 있다—— 그런 예감이 들었다.

◆

제도 〈카멜롯〉 중앙 통제구——〈센트럴 가든〉.

각 플로트와 접속된 전술도시의 중핵이자, 행정부 〈그란 카테드랄〉과 엘미나스 궁전을 지닌 〈제도〉의 중추.

터미널을 내린 일행은 엘피네가 사전에 예약해 둔 대형 비클을 타고 숙박지인 호텔로 이동 중이다.

"사람이 많군요. 축제라도 열리는 건가요?"

고속으로 흘러가는 바깥 풍경을 보면서, 레오니스는 질문을 던졌다.

〈세븐스 어설트 가든〉의 〈센트럴 가든〉도 상업 지구는 사람들로 많이 붐비지만, 여기는 그보다 더 심했다.

"아냐. 이곳은 평소에도 이만큼 붐벼."

맞은편에 앉아 있는 엘피네가 고개를 저었다.

"대 보이드 결전형인 〈세븐스 어설트 가든〉과는 인구 밀도가 비교도 안 되는 거야."

"레오, 우리랑 떨어지지 않도록 조심해."

"저는 어린애가 아니에요."

리세리아가 빙긋 웃으며 한 말에, 레오니스는 퉁명한 표정으로 대꾸했다.

"나는 사람들로 붐비는 곳을 싫어해. 왠지 사람을 너무 많이 봐서 취할 것만 같아."

사쿠야는 안대를 손으로 억누르며 그렇게 중얼거렸다.

"고, 곧 사람이 많은 장소를 빠져나갈 거야……."

엘피네는 사쿠야의 등을 쓰다듬어주며 쓴웃음을 흘렸다.

10여 분 후, 〈센트럴 가든〉을 빠져나간 비클은 목적지인 플로트에 도착했다.

"으음, 호텔은 어디인가요?"

아름다운 꽃이 흐드러지게 핀, 광대한 정원 앞에서――.

레오니스는 그런 소박한 의문을 입에 담았다.

"전부야."

엘피네는 간결하게 답했다.

"네?"

"이 플로트 전부가 샹그릴라 리조트의 부지야."

"……."

레오니스는 숨을 삼키더니, 정원 주변에 존재하는 타워들을 올려다봤다.

"이, 이게 전부, 엘피네 선배의……?"

"내가 아니라, 재단의 것이야."

엘피네는 약간 난처한 듯이 미간을 모았다.

"저는 〈샹그릴라 리조트〉에 처음 와봤어요."

"나도 처음 와 봐."

"……."

레오니스만이 아니라, 다른 일행도 놀란 것 같았다.

(이, 이게 다 뭐야……?!)

〈올드 타운〉에 있는 사쿠야의 저택은 거대했다. 〈서드 어설트 가든〉에서 방문했던 리세리아의 본가── 크리스타리아 공작 저택은 더 컸으며, 용사였던 시절의 레오니스는 호화롭기 그지없는 〈로그너스 왕국〉의 왕궁에 초대를 받은 적도 있다.

하지만──.

(맙소사. 이 플로트 전체가 사유지라고?)

레오니스의 거성이었던 〈네크로조아〉의 〈데스 팰리스〉에 필적할 만큼 컸다.

물론 〈데스 팰리스〉에는 광대한 지하 던전이 있으니 전체 면적으로는 앞서겠지만, 평범한 숙박 시설을 〈마왕군〉 제일가는 요새와 비교하는 것 자체가 이상했다.

"부지 안에는 각종 단련장도 있어. 훈련도 만족스럽게 할 수 있을 거야."

"저, 정말이에요?!"

"응. 마음껏 사용해도 돼."

리세리아가 눈을 치켜뜨며 묻자, 엘피네는 고개를 끄덕이며 그렇게 대답했다.

"저기, 엘피네 씨. 갑자기 이런 걸 물어봐서 죄송한데——."

레오니스는 머뭇머뭇 입을 열었다.

그는 정원 중앙에 있는 대리석 조각상을 손가락으로 가리키며 물었다.

"혹시 저 조각상, 움직이나요?"

"응? 움직이진 않을 거야."

"그런가요."

레오니스는 엘피네의 대답을 듣고 안도의 한숨을 쉬었다.

레오니스의 〈데스 팰리스〉 입구에는 뼈로 된 거대한 조형물이 존재하며, 산 자의 기척을 감지하면 자동으로 공격한다.

(그 부분에서는 내 성이 낫군.)

레오니스는 마음속으로 그런 영문 모를 경쟁심을 불태웠다.

◆

정원을 곧장 통과한 일행은 중앙에 존재하는 거대한 빌딩에 발을 들였다.

일전에 방문한 〈성검학원〉의 중앙 통제탑에 필적하는 크기다.

"어버버버, 소년, 소년! 피렛 재단의 〈황금가(黃金架) 호텔〉 하면 명망 높은 왕족과 귀족도 이용하는 5성급 호텔이에요!"

"아파요, 레기나 씨."

흥분한 레기나가 레오니스의 어깨를 세게 두드렸다.

하지만 이렇게 흥분하는 것도 무리는 아닐 것이다.

호화롭기 그지없는 내부 장식은 마치 왕궁 같았다.

엘피네는 로비에서 체크인하지 않고, 그대로 안쪽으로 걸음을 옮겼다.

호텔의 종업원들은 그런 엘피네를 잡기는커녕, 다들 공손히 머리를 숙였다.

"엘피네 씨는 진짜로 영애였군요."

옆에서 걷고 있는 리세리아에게 작은 목소리로 말하자…….

"맞아. 피네 선배는 피렛 백작가의 후계자야."

용케 그런 귀신의 집 같은 기숙사에서 살고 있군요, 하고 레오니스는 무심코 말할 뻔했다. 하지만 생각해 보니, 리세리아도 명문 공작가의 영애였다.

승강기를 탄 후, 32층에 도착했다.

승강기에서 내린 엘피네가 이렇게 말했다.

"——여기야. 마음껏 이용해도 돼."

"마음껏이라니…… 방은 어디인가요?"

레기나가 묻자, 엘피네는 쓴웃음을 머금었다.

"이 층을 통째로 빌렸어. 어느 방이든 자유롭게 이용해도 돼."

"이, 이 층을 전부, 말인가요?!"

"응. 여기 전체를 제18소대가 쓸 거야."

"네에에에엣?!"

엘피네가 아무렇지 않은 듯이 대답하자, 일행은 서로 얼굴을 쳐다봤다.

"그러면 가장 큰 이 방을 미팅룸으로 쓰자."

일단 이 층에서 가장 넓은 방에 모인 후, 앞으로의 일정을 확인하기로 했다.

"우, 우와아."

방에 발을 들인 레기나는 탄성을 터뜨렸다.

댄스 홀 만한 크기의 방 중앙에는 커다란 목제 원형 테이블과 소파, 값비싼 각종 물품이 놓여 있었다. 그리고 벽에는 액자에 들어 있는 그림이 몇 장이나 걸려 있었다.

(이 시대의 전위예술이라는 건가?)

솔직히 레오니스의 눈에는 어린애 낙서처럼 보였지만, 분명 저명한 화가의 그림이리라.

"폭신폭신, 폭신폭신마루야!"

사쿠야는 그대로 소파에 몸을 묻더니, 폭신폭신한 쿠션을 끌어안았다.

사쿠야에게 폭신폭신한 것은 전부 폭신폭신마루인 것 같았다.

"커튼을 걷죠."

리세리아는 창가로 향하더니, 비단 커튼을 걷었다.

발코니에서는 이 플로트 전체의 경치를 한눈에 볼 수 있었다.

"앗, 아가씨. 수영장이 있어요!"

레기나의 트윈 테일 머리카락이 찰랑거렸다.

호텔 아래편에는 커다란 수영장이 다섯 개나 있었다.

참고로 〈데스 팰리스〉에는 수영장이 없다.

있는 것은 죽음의 독기를 흩뿌리는 맹독 늪지뿐이다.

"저 거대한 장치는 뭔가요?"

"워터 슬라이더야. 저 파이프 안을 미끄러지면서 놀아."

레오니스의 질문에 리세리아가 답했다.

(병기는 아닌 건가.)

놀이기구란 사실을 안 레오니스는 흥미를 잃었다.

(뭐, 브라커스는 기뻐할지도 모르지.)

수영을 싫어하는 레오니스와 다르게, 브라커스는 헤엄치는 것을 좋아한다.

한밤중이라면 남들에게 들키지도 않을 것이다.

"〈샹그릴라 리조트〉는 플로트 전체가 레저 아일랜드이며, 수영장과 영화관, 스포츠 시설, 콘서트홀, 스타디움, 라이브 행사장, 카지노, 수족관, 유원지까지 있어요."

레기나는 가이드북을 펼치면서 환한 목소리로 그렇게 말했다.

"카지노……."

쿠션을 안고 있던 사쿠야가 몸을 벌떡 일으켰다.

"얘들아, 우리는 놀러 온 게 아니야."

성실한 리세리아는 미간을 모으면서 그렇게 말했다.

"스포츠 시설도 빌려놨으니까, 마음껏 훈련할 수 있어."

"감사해요, 피네 선배."

리세리아는 품속에서 메모장을 꺼냈다.

"합숙 중의 훈련 메뉴는 다 생각해 뒀어. 놀 짬은 없을 거야."

"우와~ 빡빡하네요."

레기나의 표정이 딱딱하게 굳었다.

성실한 리세리아답게, 펼친 메모장에는 훈련 메뉴만이 아니라 기상 시간, 취침 시간, 휴식, 식사 시간까지 꼼꼼하게 정해져 있었다.

특히 레오니스와 리세리아의 개인 훈련 시간이 매우 많았다.

(이래선 〈제도〉를 조사할 시간이 없겠는걸.)

시가지 조사는 셜리에게 맡기고, 레오니스는 한밤중에 행동할 수밖에 없을 것 같았다.

"자, 이제 각자가 쓸 방을 정하자."

리세리아가 그렇게 제안하자, 일행은 어느 방을 쓸지 상의하기 시작했다.

"나와 레오는 같은 방을 쓸게."

"앗! 약았어요, 세리아 아가씨! 소년을 독차지하지 마세요!"

레기나가 레오니스의 몸에 손을 두르더니, 그대로 꽉 끌어안았다.

"레, 레기나 씨?!"

"독차지하는 게 아니라, 내가 보호자잖아."

리세리아는 "어흠." 하고 헛기침했다.

"으으~ 저도 소년으로 놀고 싶어요!"

그럴 때는 '소년과' 라고 말해야 할 것 같은데? 하고 레오니스는 딴지를 걸고 싶어졌다.

"으음, 저도 세리아 씨와 같은 방을 쓰고 싶어요."

"레오?!"

리세리아는 그 말을 듣고 기쁜 듯한 표정을 지었다.

레오니스는 리세리아와 같은 방을 써야 하는 이유가 있다.

리세리아는 한밤중에 흡혈 충동에 휩싸일 때가 있으며, 무의식중에 침대에서 빠져나와 레오니스의 피를 빠는 것이다.

(그 광경을 남들이 보면 큰일이 날 테지.)

"으으~ 어쩔 수 없네요. 아가씨 방에 놀러 가는 것으로 참겠어요."

레기나는 불만을 드러내듯 볼을 부풀리면서도 일단 받아들였다.

그 뒤로 레기나, 사쿠야, 엘피네도 방을 정해서 단말에 등록했다.

"그러면 방에 짐을 옮겨놓죠."

리세리아가 여행용 가방을 손에 쥐었을 때였다.

"기다려, 세리아——."

"피네 선배?"

엘피네는 자리에서 일어나며 그렇게 말했다.

그리고 진지한 눈길로 넓은 실내를 둘러보더니…….

"——〈액티베이트〉."

머리 위에 〈아이 오브 더 위치〉 두 대를 전개했다.

희미한 빛을 뿜는 구체의 표면에, 고속으로 숫자가 표시됐다.

"선배, 왜 그래요?"
레기나가 물었다.
"도청기를 찾는 거야. ……여기는 괜찮은 것 같네."
엘피네는 어깨를 으쓱하더니, 〈아이 오브 더 위치〉를 없앴다.
그 후, 일행 모두의 얼굴을 둘러본 엘피네는 결의에 찬 표정을 지으며 입을 열었다.
"——너희에게 해주고 싶은 이야기가 있어."

◆

"——〈마검계획〉?"
다시 테이블에 둘러앉은 일행이 서로의 얼굴을 쳐다봤다.
엘피네가 고백한 것은 일련의 〈마검〉 관련 사건에 〈피렛〉이 관여하고 있다는, 충격적인 이야기였다.
"〈하이브〉의 섬멸 임무에서 라이엇이 폭주했었지? 그건 일전에 〈오란〉에서 나타난 〈보이드〉와도 연관이 있을 게 틀림없어."
"맙소사……."
리세리아는 아연실색한 표정으로 신음을 흘렸다.
"피렛은 〈인류제국〉의 대 〈보이드〉 병기 개발에도 관여하고 있는, 국가적 기업이잖아요?"
"응. 그러니 군 내부에도 협력자가 있다고 생각해야 할 거야. 아니면 군 자체가 이 계획을 지원하는 걸지도 몰라."

엘피네는 목소리를 낮췄다.

"언니가 준 데이터를 신용한다면, 〈마검〉에 좀먹힌 학생 전원이 피렛의 〈인조정령(아티피셜 엘리멘탈)〉과 연관점이 있어."

"〈아티피셜 엘리멘탈〉이 〈성검〉을 〈마검〉으로 바꿨다는 건가요?"

"자세한 방식은, 몰라. 하지만 관련이 있는 건 분명해."

레기나의 질문에, 엘피네는 고개를 끄덕이며 답했다.

"……——."

사쿠야는 아무 말 없이 아까부터 쭉 뭔가 생각하고 있는 것 같았다.

"나는 이 〈제도〉에서 〈마검계획〉의 전모를 알아내고 싶어."

엘피네는 테이블 위에 놓인 손을 꼭 말아쥐었다.

——바로 그때였다.

"왜……."

리세리아가 조용히 입을 열었다.

"왜, 말해 주지 않았던 거죠?"

"아가씨……."

리세리아는 입술을 깨물었다.

물론 총명한 리세리아가 그 이유를 모를 리가 없다.

선배는 제18소대의 동료를, 위험한 음모에 휘말리게 하고 싶지 않았을 것이다.

쭉 고민했을 것이다.

그래서 분한 것이다.

엘피네가 홀로 고민하고 있다는 사실을 눈치채지 못한 것이.

“세리아, 미안해…….”

엘피네는 리세리아의 어깨에 살며시 손을 얹었다.

“——저야말로, 선배가 고민하는 걸 몰랐어요.”

리세리아는 천천히 고개를 젓더니…….

“저희를 더 의지해 주세요.”

“응, 앞으로는 망설이지 않고 그렇게 할게.”

엘피네는 고개를 끄덕였다.

“저도 피네 선배에게 협력할게요.”

“미력하게나마, 저도 돕겠어요.”

레오니스도 고개를 끄덕였다.

이곳에 와서 〈마검〉에 관한 유용한 정보를 운 좋게 손에 넣었다.

네파케스, 제마인, 일련의 〈마검〉과 연관된 사건의 배후에는 십중팔구 그 자식들이 존재하는 게 틀림없다.

“——선배.”

이제까지 입을 다물고 있던 사쿠야가 천천히 입을 열었다.

“〈검귀중〉에게 〈마검〉을 준 건, 그 자식들인 거지?”

“응. 오빠—— 핀젤 피렛은 〈오란〉의 〈검귀중〉을 호위로 고용했어. 확실한 증거를 찾지 못했지만, 연관이 있는 건 틀림없을 거야.”

“그렇구나…….”

사쿠야의 목소리에 차가운 살기가 어렸다.

"——그러면, 나와도 연관이 있는 일인 거네."

"고마워……."

엘피네는 깊이 고개를 숙였다.

"이 일은 학교 측에 이야기할 건가요?"

"지금 진심으로 신용할 수 있는 건 너희뿐이야. 피렛이 군과 연관이 있다면, 고발하는 것도 위험해."

"피렛 계열의 호텔을 고른 것에도 이유가 있나요?"

레기나가 그렇게 물었다.

"응. 오빠는 〈제도〉에 돌아온 나를 경계하고 있어."

엘피네는 고개를 끄덕였다.

"어차피 내 행동은 전부 파악하고 있을 거야. 그렇다면 차라리 뱀 소굴에 뛰어드는 것이 오히려 나를 건드리기 어려울 거야. 왕족과 귀족도 이용하는 〈샹그릴라 리조트〉에서 문제를 일으키지는 못하지 않겠어?"

"그렇군요……."

이 층 전체를 빌린 것은 상대의 첩보 활동을 막기 위해서인가.

이 선배는 역시 빈틈이 없다.

"여기에는 피렛의 연구 시설이 있어. 식물원, 수족관도 연구를 목적으로 세워진 거야. 물론 〈아티피셜 엘리멘탈〉도——."

"그 계획과 관련된 뭔가를 알아낼 수 있을지도 모르는 거군요."

리세리아가 고개를 끄덕였다.

"나는 조사를 이어가겠어. 아무튼, 피렛을 조심해."

◆

성당 안쪽에 있는 개인실에서, 그를 맞이한 자는 백발의 청년 사제였다.

"——어서 오십시오, 피렛 경."

온화한 미소를 머금으며 예의 바르게 고개를 숙인 그의 이름은 네파케스 레이저드——〈인류교회〉의 추기경이다.

"〈여신〉의 사도 제2계위인 당신 같은 분과 만나다니, 정말 영광입니다."

"당신의 공적을 생각하면, 당연한 일입니다."

청년 사제는 고개를 저으며 대답했다.

"〈마검계획〉의 추진은 피렛 경이 없었으면 불가능했을 테니까요."

"황송합니다."

그렇게 답한 자는 윤기 넘치는 흑발을 길게 늘어뜨린, 키가 큰 남성이었다.

핀젤 피렛. 피렛 가문의 차남이자, 재단의 후계자 중 한 명이다.

성당의 개인실은 비밀 회담을 하기에 걸맞은 장소다. 하지만——.

(아이러니하군. 허무에 몸이 먹힌 사도가 인류교회의 사제라니…….)

핀젤은 속으로 그렇게 중얼거렸다.

〈사도(使徒)[아포스톨]〉—— 〈허무〉의 〈여신〉을 모시는 비밀결사.

그들이 〈허무복음파〉의 간부인 피렛에 접촉한 것은 지금으로부터 6년 전의 일이다. 〈서드 어설트 가든〉 괴멸 소식이 〈제도〉를 뒤흔든 직후였다.

〈아포스톨〉은 핀젤에게 인지를 초월한 지식을 전해줬다.

〈성검〉의 힘을 지니지 못하고 다른 남매들보다 재능이 뒤떨어지던 그가 재단 안에서 현재 지위까지 올라갈 수 있었던 것은 그들 덕분이었다.

그 지식의 대가로, 그들은 어떤 계획의 지원을 요구했다.

〈성검〉의 힘을 반전시켜 〈마검〉 사용자를 창조하는—— 〈마검계획〉이다.

"계획을 서두를 필요가 있어서 진척을 문의하러 왔습니다."

"——〈마검계획〉은 순조롭습니다. 〈세븐스 어설트 가든〉에서의 실험도 성공했죠."

고용한 〈오란〉의 용병 집단을 전부 희생시킨 가치는 있었다. 〈여신〉의 인자를 넣은 아티피셜 엘리멘탈 〈세라핌〉은 완성 직전이다.

"〈마검〉의 〈보이드〉화까지는 잘 확인했습니다. 그건 정말 멋지더군요."

청년 사제는 미소를 짓더니, 손뼉을 쳤다.

"하지만 다음 단계는 아직인 것 같군요."

"네—— 실전에서 시험할 필요가 있습니다. 조만간 성과를 보여드리겠습니다."

"——〈성검검무제〉. 〈성검〉의 힘을 칭송하는, 인류의 축제던가요."

"최정예 〈성검사〉가 한자리에 모입니다. 무대로서는 더할 나위 없겠죠."

"그렇군요."

"그나저나 네파케스 경——."

핀젤 피렛은 초조함이 묻어나는 목소리로 말을 이었다.

"약속은 지켜주시겠죠? 이 계획이 성공한다면, 저에게 배알의 권리를——."

"네, 물론입니다. 〈여신〉을 뵙게 해드리죠."

청년 사제는 온화한 미소를 머금으며 고개를 끄덕였다.

"오오, 드디어……."

〈여신〉—— 〈허무〉에서 태어나, 무한의 지식을 내려주는 신.

——인류에게 〈성검〉을 내려준 존재.

(거의 다 됐어. 조금만 더 있으면 나는 형을, 아버지도 넘어설 수 있는 거야!)

핀젤의 가슴이, 환희에서 우러난 희열로 가득 찼다.

——하지만…….

"하지만, 조심하십시오——."

네파케스는 갑자기 표정에서 미소를 지웠다.

"조심하라고요?"

"〈세븐스 어설트 가든〉—— 그 도시에는, 뭔가 있는 것 같습니다."

"뭔가——라뇨?"

핀젤은 미간을 모았다.

"모릅니다. 마치 특이점 같은 무언가가, 그 도시에 분명 존재합니다. 그것이 〈여신〉의 예언을 어긋나게 하고 있을 가능성이 있어요——."

"흠…… 〈세븐스 어설트 가든〉, 입니까."

문득 그 뇌리를 스친 것은 몇 년 전에 집에서 나간 여동생이다.

——엘피네 피렛.

우수한 〈성검〉의 힘에 눈떴지만, 그 지위를 버린 멍청이.

(그럴 리가, 없어.)

한순간 머릿속에 떠오른 바보 같은 생각을 떨쳐내려는 듯이, 핀젤은 고개를 저었다.

"——말씀, 명심하겠습니다. 안심하시길, 〈아포스톨〉이여."

제3장 강화 합숙

Demon's Sword Master of Excalibur School

커튼 틈새로 햇빛이 쏟아져 들어왔다.

"아, 으……음……."

잠옷 차림인 레오니스는 졸린 눈을 비비면서 몸을 일으켰다.

최고급 침대는 몸이 파묻힐 정도로 푹신하지만, 돌로 된 관에서 자는 것이 습관이었던 레오니스에겐 영 불편했다.

(기숙사의 침대가 오히려 잠자기 편했을지도 몰라.)

그런 감상을 품으며 커튼을 쳤다.

옆의 침대를 보니, 아무도 없었다.

욕실에서 물소리가 들려왔다.

먼저 일어난 리세리아가 샤워하고 있는 것이리라.

(이 틈에 셜리의 보고 내용을 확인해 둘까.)

다시 침대에 드러누운 레오니스는 단말을 켰다.

손가락으로 몇 번 터치해 보니, 셜리에게서 온 보고서가 도착해 있었다.

〈졸 바디스〉가 수하로 삼은 집단, 〈낭마중〉에 관해.

우선 지하 던전. 〈마왕성〉의 건설은 순조롭게 진행 중이라고 한다. 하층부는 마물이 자연 발생해서, 수하의 훈련 상대가 되어주는 것 같았다. 또한, 레나 다크리프는 예정대로 〈제도〉의 지하 조직과의 교섭 준비에 착수한 것 같았다.

교섭에 성공한다면 수하 숫자가 급격히 늘어날 것이다.

(음, 순조롭다니 다행이군.)

승인한다, 고만 짤막하게 답장을 보냈다.

그 외에도 〈제도〉에서 추천하는 레스토랑 정보가 첨부되어 있었기에(이쪽 정보가 더 많았다) 일단 그쪽도 살펴봤다.

(흠, 본고장 피자 화덕이 있는 가게인가……. 오호라.)

——바로 그때였다.

"소~년, 뭘 보고 있는 건가요♪"

갑자기 등 뒤에서 누군가가 레오니스를 끌어안았다.

"레, 레기나 씨?!"

레오니스가 허둥지둥 뒤를 돌아보니——.

속옷 위에 목욕 가운만 걸친 레기나가 눈에 들어왔다.

(윽, 옷차림이 너무 허술한 거 아냐?!)

물기를 머금은 트윈 테일 금발, 샤워 직후라 그런지 약간 발그레해진 피부에서 희미하게 피어오르는 김, 그리고 꽃향기를 연상케 하는 샴푸 냄새가 느껴졌다.

"어, 왜 이 방에 있는 거예요?!"

"아가씨에게 모닝콜을 부탁받았거든요."

레기나는 어깨를 으쓱했다.

"왜 속옷 차림인 건데요!"

"옷 갈아입는 게 귀찮아서 이대로 왔어요."

"복도를 목욕 가운 차림으로요?!"

이 층 전체를 빌렸으니, 아무도 보지는 못했겠지만.

"그리고 소년을 곤란하게 만들고 싶었거든요."

메이드는 혀를 슬쩍 내밀었다.

(윽, 역시 그런 거냐!)

레오니스는 끄응, 하고 신음을 흘렸다.

당했다. 완전히 방심하고 있었다.

"꽤 열심히 보고 있던데, 혹시 야한 거라도 보고 있었나요?"

레기나는 심술궂은 미소를 띠고 단말을 보려고 했다.

부드러운 가슴이 레오니스의 등에 닿으면서 말캉거렸다.

"아, 아니에요!"

"사춘기 소년이라면 어쩔 수 없을 거예요."

"진짜로 아니라고요!"

레오니스는 단말을 꼭 끌어안아서 감췄다.

셜리의 보고를 레기나가 보면 성가신 일이 벌어질 것이다.

"괜찮아요. 이 누나가 비밀로 해줄게요."

"〈성검검무제〉의 출전팀을 조사하고 있었어요."

레오니스는 그런 말로 둘러대려고 했다.

"〈성검〉의 분석이라면 세리아 아가씨가 하고 있잖아요?"

"제가 알고 싶은 건, 각 부대의 에이스에 관한 정보예요."

"에이스, 인가요……."

"네. 전술은 에이스를 주축으로 짜기 마련이니까요. 제18소대는 메인 어태커인 사쿠야를 주축으로 전술을 짜잖아요?"

"맞아요."

"에이스에 대해 알면, 자연스레 각 부대의 전술도 알 수 있을 거예요."

"아하, 확실히 그러네요."

레기나는 진지한 표정으로 고개를 끄덕였다.

"유력한 〈성검사〉라면—— 샤트레스 님이겠죠."

"샤트레스?"

"샤트레스 레이 올티리제. 제3왕녀님이에요."

——제3왕녀.

"그 말은——."

"제 언니, 예요."

레기나는 중얼거리듯 그렇게 말했다.

레기나는 신분을 박탈당한 전 제4왕녀다.

그렇다면 바로 위의 언니인 셈이다.

"샤트레스 왕녀는 열네 살 때 〈제도〉의 〈엘리시온 학원〉의 대표로 선출된 뒤, 3년 연속으로 〈성검검무제〉에 출전했어요. 첫 출전 때는 〈성검학원〉 대표에게 우승을 양보했지만, 그 후 2년은 그 부대가 우승했죠. 〈성검〉—— 〈둠 블레이드〉는 접근전 타입의 〈성검〉이며, 그것으로 대형 〈보이드〉도 해치웠대요."

"잘 알고 있네요."

"에이, 이 정도는 누구나 다 알거든요?"

——그렇게 말한 레기나는 눈길을 살짝 피했다.

역시 언니를 의식하는 것이다.

"뭐, 특별 초대 부대와 붙게 되는 일은 없겠지만요."

——바로 그때였다.

"레기나, 뭐, 뭐 하는 거야?!"

리세리아가 욕실 문을 열고 밖으로 나왔다.

"아가씨, 소년이 야한 걸——."

"안 봤다고요!"

◆

호텔 방에서 간단한 아침을 먹은 다음, 다 같이 훈련 시설로 향했다.

호텔에서 걸어서 15분 거리에 있는 그곳은 피렛 사에서 대 〈보이드〉 병기 개발에 이용하고 있는 시험장이다.

일행은 거대한 돔 건물을 향해 걸어갔다.

그 도중에 레오니스는 엘피네에게 물었다.

"저기, 엘피네 선배."

"레오, 왜?"

"선배는 지금 자기 가문에 맞서려는 거죠? 그러면 선배의 처지가 난처해지지 않을까요?"

어제 이야기를 듣고, 약간 마음에 걸렸다.

——〈마검계획〉의 전모를 밝히면, 피렛 사는 무너질 것이다.

"맞아……."

엘피네는 미소를 머금더니…….

"그건, 이미 각오했어."

"그런……가요."

"딘플로트 피렛 백작은 냉철한 남자였어."

엘피네는 조용한 어조로 말했다.

"두 오빠와 언니—— 그리고 나를 후계자로서 경쟁하게 했어. 〈성검학원〉으로 도망친 나는 실격의 낙인이 찍혔지. 내 어머니도 살해당했어."

"살해당했다고요……?"

레오니스가 되물었지만, 엘피네는 답해주지 않았다.

"그런데도 피렛의 이름을 버리지 않은 건, 이 힘이 쓸모 있어서야. 모든 것을 파괴한 후, 나는 피렛의 이름을 버릴 거야."

엘피네는 결연한 표정으로 맑은 하늘을 올려다보며 말했다.

◆

"——여기서라면 마음껏 훈련할 수 있겠네!"

훈련장 게이트 앞에서, 리세리아는 만족한 듯이 고개를 끄덕였다.

피렛 사의 병기 시험장은 멀리서 봤을 때보다 훨씬 커 보였다.

새하얀 돔 주위에는 〈마력로〉로 이어진 배관이 있으며, 거대한 컨테이너 같은 것과 연결된 것 같았다.

"아, 〈보이드 시뮬레이터〉도 있네요. 망가뜨려도 될까요."

레기나가 손가락으로 가리킨 것은 거미 같은 형태를 한 금속

덩어리였다.

〈성검학원〉에서도 쓰이는 연습용 병기다.

레오니스가 입학 첫날에 한 대 망가뜨렸지만, 실은 어마어마한 가격이란 이야기를 나중에 디글랏세 교관에게 들었다.

"으음, 비품은 부수지 않는 게 좋을 것 같아."

엘피네는 쓴웃음을 머금었다.

"그, 그렇겠죠……?"

레기나가 그렇게 대답했을 때, 옆에 서 있던 사쿠야는 약간 아쉬운 듯한 표정을 지었다.

아무튼, 이곳은 설비가 꽤 충실한 것 같았다.

훈련 시설로서는 더할 나위 없어 보였다.

(리세리아의 마술 훈련도 가능하겠는걸――.)

그 수행을 서포트하는 〈로그너스 삼용사〉는 레오니스가 〈제도〉에 있는 동안 〈세븐스 어설트 가든〉의 수호를 맡고 있다.

그래서 합숙 기간에는 레오니스가 손수 지도해야만 한다.

권속의 성장을 확인할 좋은 기회가 될 것이다.

레오니스 일행은 게이트에서 체크를 마친 후, 시험장 안으로 들어섰다.

"대단해……!"

리세리아가 깜짝 놀란 목소리로 그렇게 외쳤다.

높이가 다른 무수한 벽이 존재하는 이곳은 마치 인공물로 된 숲 같았다.

"〈성검검무제〉에서도 쓰이는, 시가지 전투용 필드를 준비해 달라고 했어."

"그래요. 실전적이네요."

"저 벽은 부숴도 될까요?"

"이번에는 안 돼."

리세리아가 고개를 저었다.

일행은 두 팀으로 나뉘어서 모의 대항전을 하기로 했다. 상대를 전멸시키거나, 상대 진지의 깃발을 뺏는 팀이 승리하는 단순한 규칙이다.

방어 측은 사쿠야와 엘피네.

그리고 거미 모양의 〈보이드 시뮬레이터〉가 세 대.

공격 측은 리세리아와 레오니스, 레기나로 팀을 짰다.

"피네 선배와 사쿠야 조합이면 만만치 않겠어."

"그렇겠죠……."

레오니스는 고개를 끄덕였다.

이 지형을 고려하면 엘피네가 머리 위에서 이쪽 위치를 파악한 다음 그 정보에 기반해서 사쿠야가 신출귀몰한 공격을 펼친다는 전술을 취할 것이다. 그리고 이쪽은 리세리아와 레오니스가 선행하고, 후방의 언덕 위에서 레기나가 엄호하는 형태다.

(뭐, 정공법인걸.)

"바로 시작하자!"

리세리아의 신호에 맞춰, 훈련전이 시작됐다.

◆

——〈센트럴 가든〉의 대로를 대형 비클 한 대가 통과했다.

겉보기에는 일반적인 비클과 별반 다르지 않다. 하지만 내부는 확연히 달랐다.

창문 유리에는 마도 기술을 통한 특수 처리가 되어 있어서 밖에서 안을 볼 수 없다. 또한 차체의 장갑은 군용 차량에 필적했다.

왕족 전용 차량. 그 뒷좌석에 앉아 있는 이는 열두 살의 어린 소녀다.

소녀가 양손으로 꼭 안은 것은 이마에 붉은 보석이 박힌, 토끼와 흡사한 생물이다.

정령——〈카벙클〉. 〈아티피셜 엘리멘탈〉이 아닌, 원초의 정령 〈와일드 엘리멘탈〉이다.

〈와일드 엘리멘탈〉을 사역하는 힘을 지닌 것은 삼왕가 중에서도 올티리제 뿐이다.

"샤트레스 언니와 외출할 수 있다니, 정말 기뻐요."

"——연습은 봐도 딱히 재미있진 않을 거야."

맞은편 좌석에 앉은 제3왕녀가 답했다.

그 표정은 차가워 보였지만, 딱히 기분이 나쁜 건 아니었다.

평소의 샤트레스를 아는 부하들이 본다면 매우 기분이 좋다는 것을 눈치챌 것이다.

비클이 향하고 있는 곳은 〈피렛〉이 소유한 병기 시험장이다.

예전에는 〈제도〉에 있는 에레와트르 학원의 훈련 시설을 이용했지만, 최강이자 아름답기 그지없는 샤트레스가 훈련하는 모습을 보기 위해 학생과 기자들이 몰려드는 탓에 다른 부대에 피해를 줬다. 그래서 올해는 장소를 옮기기로 한 것이다.

(하아. 〈성검〉은 구경거리가 아닌데 말이지.)

하지만 올해 〈성검검무제〉는 샤트레스 말고도 주목받고 있는 선수가 있다.

특히 화제가 되는 인물은 〈성검학원〉에 다니는 크리스타리아 공작의 딸이다.

특별 초대 부대로 참전한다고 하는데, 〈성검〉에 각성하고 아직 몇 달밖에 안 되었다고 한다.

(실력이 부족한 인간이 서도 될 만큼 만만한 무대가 아닌데 말이지.)

샤트레스는 가슴속으로 탄식을 터뜨렸다.

리세리아 크리스타리아에게는 별다른 감정이 없지만, 영웅의 딸을 이용하려고 드는 귀족들에게는 짜증을 느끼고 있었다.

"저도 빨리 〈성검〉이 깃들어서, 언니와 같은 부대에 들어가고 싶어요."

알티리아는 카벙클의 이마를 쓰다듬으며 그렇게 중얼거렸다.

"나처럼 전투용 〈성검〉이 깃들 거란 보장은 없어."

"하긴, 그것만은 별의 인도에 달렸으니까요."

그 사건 이후로 알티리아는 어른스러운 표정을 짓게 됐다.

동생은 원래 총명했지만, 왕족으로서 자각하게 된 것 같았다.
(부디 이 아이가 전장에 서는 일이 없기를 빌지만.)

◆

"——가자, 레오."
"네!"
레오니스는 리세리아를 뒤따르며 달렸다.
눈앞에는 벽 오브젝트가 세워져 있기에, 시야가 제한됐다.
벽을 부숴서는 안 된다는 룰이 있는 만큼, 꽤 성가셨다.
이 필드에서는 고지대에 있는 레기나의 시야에 의지할 수밖에 없다.
물론 먼 곳을 보는 〈마안〉 같은 것을 이용한다면 시야를 확보할 수 있겠지만——.
(규칙에 따르는 것 또한 재미있겠지.)
레오니스는 평소의 훈련 시합에서도 제2계위 이상의 마술을 봉인하고 있다.
〈마왕〉과 〈육영웅〉은 대부분 규칙을 무시하는 자들이었지만, 이런 대결은 의외로 재미있는 법이다.
"——세리아 씨, 위쪽에서 다가와요!"
갑자기 걸음을 멈춘 레오니스가 경고했다.
머리 위에는 거대한 그림자가 존재했다.

거미 같은 모습을 한, 강철 병기——〈보이드 시뮬레이터〉다.

"하아아아아아아아앗!"

리세리아가 〈서약의 마혈검[블러디 소드]〉을 휘둘렀다.

피의 칼날이 뿜어져 나가더니, 강철 거미를 덮쳤다.

키리리리리리리리리릭!

순식간에 총 열네 곳의 대미지 판정 부위를 정확하게 파괴했다.

〈보이드 시뮬레이터〉는 허무하게 행동 불능에 빠졌다.

"멋져요——."

권속을 칭찬한 레오니스는 반대편에서 나타난 다른 한 마리를 〈소뢰포(小雷砲)[비르가]〉로 격추했다.

강철 장갑이 구겨지더니, 거미의 다리가 무참히 꺾이며 바닥에 쓰러졌다.

(설마 이 정도로 완전히 망가지진 않겠지?)

레오니스가 무심코 식은땀을 흘린 바로 그때였다.

연기를 뿜고 있는 거미의 배에서 빛나는 구체가 튀어나왔다.

"……?!"

엘피네의 〈성검〉——〈아이 오브 더 위치〉다.

세 개의 〈보주〉가 세 방향에 전개되더니, 레이저를 뿜었다.

레오니스는 즉시 벽 오브젝트 뒤로 몸을 날렸다.

레이저가 벽에 닿자, 불똥이 튀었다.

(——〈성검〉으로 강철 거미를 원격 조작하고 있는 건가.)

〈보주〉는 고도를 높이더니, 레오니스의 머리 위로 이동했다.

"레오——!"

그걸 본 리세리아는 소리치면서 〈성검〉을 휘둘렀다.

날아간 피의 칼날이 레오니스의 머리 위에 있는 〈보주〉 하나를 그대로 두 동강 냈다.

하지만 남은 두 개가 좌우로 전개하더니, 리세리아를 조준했다.

바로 그때——.

서걱!!

——눈부신 섬광 한 줄기가 〈보주〉 두 개를 동시에 관통했다.

빛의 입자를 흩뿌리면서, 〈보주〉는 허공으로 사라졌다.

『——아가씨, 엄호할게요!』

귀에 꽂은 통신 단말에서 목소리가 들려왔다. 후방의 언덕 위에 위치한 레기나였다.

포복 사격 자세로 〈드래그 스트라이커〉를 겨누고 있다.

"이 거리에서…… 대단하군요."

"레기나의 사격 솜씨는 우리 학교에서 최고거든——."

——그렇게 말한 리세리아는 레오니스의 어깨 너머로 〈성검〉의 칼끝을 찔러넣었다.

그러자 빛의 입자가 흩뿌려졌다. 벽 오브젝트 뒤에 〈보주〉 하나가 숨어있었다.

『조심하세요. 근처에 몇 개 더 숨어있어요!』

레기나가 경고를 해줬다.

그와 동시에 또 하나의 〈보주〉가 머리 위로 나타나더니——.

번쩍—— 하고, 섬광이 터졌다.

찬란한 빛이, 주위를 새하얗게 물들였다.

"윽…… 시각 방해?!"

레이저를 응용한 것이다.

〈보이드〉 상대로는 의미가 없지만, 인간을 상대할 때는 허를 찌르는 효과가 있다.

"——〈비르가〉!"

레오니스는 번개 계통 제1계위 마술을 펼쳐서, 빛을 뿜고 있는 〈보주〉를 파괴했다.

하지만 〈보주〉 두 개가 등 뒤에 더 나타나 레이저를 쐈다.

"앗……."

레오니스는 허둥지둥 벽 뒤에 숨었다.

발 근처의 지면이 타들어 가면서, 연기가 피어올랐다.

〈——제법 잘하는걸, 레오. 혹시 예상한 거야?〉

비행하고 있는 〈보주〉에서 엘피네의 목소리가 흘러나왔다.

"엘피네 선배, 출력이 너무 센 거 아니에요?!"

"레오라면 간단히 피할 거라고 생각했어♪"

〈보주〉 너머에서 후후후 하고 웃음을 흘리고 있는 엘피네의 모습이 눈앞에 어른거렸다.

(윽, 모의전을 빙자해서 내 실력을 가늠하려는 건가?)

엘피네는 레오니스가 힘을 감추고 있다고 의심하는 낌새가 있다.

경솔하게도 엘피네 앞에서 몇 번이나 〈마왕〉의 힘을 선보였던 것이다.

“과대평가예요, 선배.”

“레오, 포위당하기 전에 단숨에 돌파하자——.”

“알았어요! 와라, 밤의 어둠이여——〈암무(闇霧)〉.”

주위에 마술로 연막을 펼친 후, 레오니스는 단숨에 내달렸다.

바로 그때——.

“——그렇게는 안 돼, 소년.”

검광이 허공을 갈랐다.

보라색 번개가 터져 나오더니, 어둠의 안개가 그대로 걷히고 말았다.

“……?!”

〈오란〉의 새하얀 전통복이 휘날렸다.

벽을 넘으면서 지면에 내려선 이는 〈성검〉——〈라이키리마루(雷切丸)〉를 쥔 소녀였다.

“사쿠야 씨…….”

멈춰선 레오니스는 〈봉죄의 마장〉을 고쳐 쥐었다.

필드 중에서는 비교적 넓은 장소지만, 좌우가 벽에 막힌 탓에 도망칠 곳이 없다.

(이거, 완벽하게 유도당했는걸.)

벽에 둘러싸인 탓에, 레기나의 엄호 사격을 기대하기 어려운 장소다.

자기도 모르는 사이에, 엘피네의 〈보주〉에 의해 유도당한 것이라.

깃발이 있는 곳에 도달하기 위해서는 눈앞에 있는 사쿠야를 쓰러뜨릴 수밖에 없다.

"레오, 뒤로 물러나서 선배의 〈보주〉를 맡아줘."

——바로 그때, 리세리아가 레오니스를 감싸듯이 앞으로 나섰다.

〈블러디 소드〉를 고쳐 쥔 리세리아는 진지한 눈으로 사쿠야를 응시했다.

"사쿠야, 길을 비켜줘야겠어."

"1 대 1로 싸울 생각인가 보네. 미안하지만 선배는 아직 검으로 나를 이길 수 없어."

"그럴지도, 몰라."

사쿠야의 말은 사실이다.

리세리아는 현저하게 성장했지만, 사쿠야의 검술은 다른 학생과는 비교도 안 될 만큼 뛰어났다.

물론 그 점은 리세리아도 잘 알고 있을 것이다.

"——하지만 승부에선 무슨 일이 생길지 아무도 모르잖아!"

리세리아는 자기 손목에 〈성검〉의 칼날을 대더니, 지면에 피를 뿌렸다.

"하아아아아아아아아압——!"

그리고 마력을 방출하며 지면을 박차더니, 단숨에 거리를 좁혔다.

중심은 약간 왼쪽으로 쏠려 있었다. 그렇다. 리세리아가 승리의 기회를 잡기 위해선——.

사쿠야가 안대를 찬 방향에서 공격할 수밖에 없다.

시야가 좁은 데다, 한쪽 눈만으로는 거리를 가늠하기 어려울 것이다.

"칼날이여, 춤춰라―― 〈혈화나선검무(블러디 스파이럴)〉!"

〈뱀파이어 퀸〉의 목소리에 호응해――.

지면에 흩뿌려진 피가 무수한 칼날의 회오리가 되어 〈성검〉의 칼끝에 모여들었다.

제아무리 사쿠야라도 저 칼날의 폭풍을 전부 피하는 것은 무리일 것이다.

――하지만…….

사쿠야는 오른발로 한 걸음 내디뎠다.

그러자 〈라이키리마루〉의 칼날에서, 보라색 번개가 뿜어져 나왔다.

"미카가미류 검술―― 〈신뢰(迅雷)〉."

퍼엉――!

소리가 들렸을 때는―― 이미 승부가 갈렸다.

두 사람이 한순간 격돌한, 직후…….

쨍그라아아아아아아앙――!

유리가 깨지는 듯한 맑은소리가 울려 퍼지더니――.

리세리아의 〈성검〉이 박살났다.

"……!"

〈성검〉을 휘두른 자세로, 리세리아는 앞으로 쓰러졌다.

(이기지 못한 건가.)

——하지만 사쿠야 또한 봐주진 않았을 것이다.

일류 검사인 사쿠야가 전력을 다해 기술을 펼치게 한 것만으로도, 선전했다고 할 수 있다.

본인은 분하겠지만.

"저도 항복이에요."

엘피네의 〈보주〉에 둘러싸인 레오니스는 두 손을 들었다.

레오니스 혼자서도 충분히 승리를 거둘 수 있겠지만, 그래선 훈련하는 의미가 없다. 이 모의전은 리세리아가 사쿠야와 1 대 1로 싸우게 만든 시점에서, 엘피네의 전술적 승리다.

『저도 졌어요!』

뒤에 있는 언덕에서 레기나가 백기를 흔드는 모습이 눈에 들어왔다.

"하, 한 번 더 해!"

리세리아는 자리에서 일어나더니, 〈성검〉을 불러냈다.

영혼의 형태인 〈성검〉은 한 번 부서지면 수복에 시간이 걸리지만, 리세리아의 마음은 아직 꺾이지 않은 것 같았다.

(내 권속은 의외로 지기 싫어하나 보군.)

〈그러면 필드를 바꿔서 다시 하자.〉

"네, 잘 부탁해요!"

——바로 그때였다.

〈어, 잠깐만. 필드 안에 무언가가 침입한 것 같아——.〉

"네?"

〈벽 위를, 무언가가 달리고…… 토끼?〉

◆

"토끼……?"

엘피네의 목소리를 듣고——.

문득 위쪽을 올려다본 레오니스가 발견한 것은 바로 토끼 한 마리였다.

벽 오브젝트 위를, 껑충껑충 뛰고 있었다.

토끼가 저렇게 높은 장소를 뛰어다닐 수 있을까.

아니, 뛰어다니는 것이 아니라 허공에서 둥실둥실 떠다니는 느낌이었다.

토끼가 뛸 때마다, 희미한 빛의 입자가 주위에 흩날렸다.

(정령?)

레오니스는 눈썹을 찌푸렸다.

틀림없다. 게다가 낯익은 정령이다.

희미한 빛을 두른 새하얀 체모와, 이마에 박힌 붉은 보석.

저것은——.

"저건, 폭신폭신 찹쌀떡마루!"

사쿠야가 정령을 손가락으로 가리키며 그렇게 말했다.

"사쿠야, 저게 뭔지 알아?"

"몰라. 하지만 폭신폭신하고 보들보들할 게 틀림없어."

"제4왕녀님의 정령이에요——."

어째선지 자신만만한 표정으로 팔짱을 끼는 사쿠야를 무시하면서, 레오니스가 말했다.

(아마 〈카벙클〉이었지?)

〈히페리온〉에서 왕녀와 같이 있던 〈와일드 엘리멘탈〉이다.

"아, 그러고 보니 닮았네. 하지만 왜 왕가의 정령이……?"

——바로 그때였다.

"기, 기다려, 〈카벙클〉! 어디 간 거니?!"

"전하, 위험합니다! 안에서는 훈련이 이뤄지고 있으니——."

시설 밖에서 누군가가 옥신각신하는 듯한 목소리가 들려왔다.

"잘은 모르겠지만, 저걸 잡는 게 좋을지도 모르겠어."

"나한테 맡겨줘——."

사쿠야가 도약하더니, 벽 위에 올라섰다.

각력이 뛰어난 사쿠야는 껑충껑충 뛰어다니는 정령을 순식간에 쫓아가더니…….

"잡았어, 폭신폭신 찹쌀떡마루——."

양손으로 잡으려 한 순간, 두 손은 정령을 그냥 통과했다.

"어라……?"

"사쿠야 씨, 정령이니까 실체가 없어요!"

"사쿠야, 힘내!"

"어엇? 그러면 어떻게 해야 하는데?"

사쿠야가 당혹스러워하는 가운데, 〈카벙클〉은 벽 위에서 계속 도망 다녔다.

빛의 입자를 흩날리며 도망친 방향에는——.

"괜찮아요! 제가 잡을게요!"

언덕 위에 있는 레기나가 두 손을 펼쳤다.

그러고 보니 레기나는 정령사의 힘을 지녔다.

"이번에는 레기나에게 맡기자."

리세리아가 그렇게 말한 바로 그때였다.

"——벽이 방해되는걸."

"언니, 뭘 어쩌시려는 건가요?!"

"알티리아, 좀 물러나 있어. ——〈액티베이트〉!"

필드 밖에서, 소녀의 늠름한 목소리가 들려오더니——.

번쩍—— 하고, 진홍색 빛이 뿜어져 나왔다.

부와아아아아아아아아아아아아아아아아앙!!

굉음과 함께, 필드의 벽 오브젝트가 산산이 부서졌다.

(어, 뭐야?!)

레오니스는 반사적으로 방어 결계를 펼쳐서, 그 폭풍으로부터 리세리아를 지켰다.

새하얀 흙먼지가 자욱하게 피어올랐다. 마력에 의해 벽 오브젝트 형태를 유지하고 있던 입자가 먼지처럼 흩날리며 사라졌다.

"콜록, 콜록…… 뭐, 뭐야?!"

리세리아는 기침하면서 레오니스의 팔을 움켜잡았다.

경보가 울려 퍼지더니, 시험장의 공조 설비가 긴급 가동됐다.

흙먼지가 걷히면서, 모습이 드러난 것은——.

한 자루 대검을 손에 쥔, 군복 차림의 소녀였다.

찬란하고 아름다운 금발. 당당한 빛을 머금은 비취색 눈동자.

"어, 샤트레스…… 왕녀 전하?"

"어?"

레오니스는 그 말을 한 리세리아를 돌아보았다.

샤트레스, 어디선가 들어본 적이 있는 이름이다.

분명, 오늘 아침에 레기나가——.

"샤트레스 언니, 너무 난폭하세요! 안에는 훈련 중인 사람이 있단 말이에요."

"이게 가장 빨라. 그리고 힘은 조절했어."

군복 차림의 소녀 뒤에서 또 누군가가 모습을 보였다.

청초한 드레스를 걸친, 레오니스와 비슷한 또래의 소녀——.

"알티리아 님……?!"

"어……? 아…… 어어어엇?!"

리세리아에게 이름을 불린, 그 소녀——.

알티리아 레이 올티리제는 눈을 동그랗게 뜨고 소리쳤다.

◆

"으음…… 알티리아 님께선 왜 여기 계신 거죠?"

일단 왕녀가 진정할 때까지 기다린 다음, 리세리아는 말을 건넸다.

"아, 네. 샤트레스 언니의 부대가 옆에 있는 시설에서 〈성검검무제〉의 모의 훈련을 한다고 해서 견학하러 왔는데, 갑자기 〈카벙클〉이 도망쳐서——."

옆에 있는 훈련 시설을 다른 부대가 사용하는 줄은 몰랐다.

(——그것도, 오늘 아침에 이야기했던 에이스님의 부대일 줄이야.)

샤트레스 레이 올티리제.

〈제국〉 제3왕녀이자, 〈성검검무제〉 우승 후보.

왕족이라면 전용 훈련 시설 정도는 있을 것 같은데——.

(아니, 꼭 그렇지도 않나.)

〈임페리얼〉의 왕족은 1000년 전의 왕족과는 입장이 조금 다른 것 같았다.

"훈련을 방해해서 미안해. 긴급 사태였거든. 저건 왕가의 정령인 만큼, 만에 하나라도 무슨 일이 있으면 큰일이라서 말이야."

샤트레스는 일단 사과했다.

역시 벽을 파괴한 것은 샤트레스의 〈성검〉 같았다.

단순히 파괴력만 뛰어난 〈성검〉은 아닌 것 같은데, 대체——.

"그런데, 〈카벙클〉은——."

"아, 제가 잡아놨어요."

레기나, 사쿠야, 엘피네가 무너진 벽 위를 걸었다.

그 레기나의 두 팔에는 희미하게 빛나는 정령이 안겨 있었다.

아까만 해도 그렇게 껑충껑충 뛰어다녔는데 지금은 얌전했다.

"카벙클……!"

레기나가 알티리아에게 다가가자, 정령은 폴짝 뛰어서 알티리아의 품에 들어갔다.

"정말, 왜 갑자기 도망간 거니?"

왕녀는 토라진 듯이 볼을 귀엽게 부풀리더니…….

"잡아 주셔서, 감사해요."

레기나를 향해 고개를 숙였다.

"아, 아뇨. 괜찮답니다."

동요한 레기나는 마치 펜리스 같은 말투로 대답했다.

(그러고 보니 동생과 직접 만나는 건 처음이던가——.)

〈히페리온〉 사건 때는 두 사람이 대면하지 않았던 것으로 기억한다.

"그런데 신기하네요. 정령인 카벙클이 저 말고 다른 사람을 따르다니……."

"그, 그것참 신기하군요. 오호호."

레기나는 또 이상한 말투로 얼버무렸다.

레기나와 〈카벙클〉은 그 사건 때 함께 싸운 파트너다. 어쩌면 저 정령은 레기나의 기운을 느끼고 만나러 온 것일지도 모른다.

알티리아는 제18소대의 멤버를 둘러보더니…….

"전부터 여러분을 직접 뵙고 감사 인사를 드리고 싶었어요. 정신을 잃었던 탓에 당시의 기억이 흐릿하지만, 여러분이 용감히 싸워 주신 덕분에 저는 목숨을 부지할 수 있었어요."

알티리아는 치맛자락을 살며시 들어 올리면서 정중히 고개를 숙였다.

"아뇨, 왕녀 전하를 지키는 것은 〈성검사〉의 소임입니다."

리세리아 또한 신하로서의 예를 표하며 고개를 숙였다.

"동생을 구해준 것을, 언니로서 감사하지."

샤트레스는 살짝 고개를 숙였다.

사라수 꽃 같은 금발이, 그녀의 볼에 흘러내렸다.

레기나, 알티리아와 닮아서 외모는 아름답지만, 저 비취색 눈동자는 냉철하기 그지없었다.

(내 부하 중에서는 〈어둠의 무녀〉 이리스가 이런 느낌이었지.)

그런 감상에 빠져 있을 때――.

레오니스의 시선을 느낀 듯한 샤트레스가 미심쩍다는 듯이 눈썹을 살짝 찌푸렸다.

"〈성검학원〉의 교복…… 설마 너희 부대에는 어린아이도 있는 건가?"

"네. 어린아이는 맞지만, 제18소대의 에이스예요."

"뭐……?"

엘피네의 대답을 들은 샤트레스가 레오니스를 날카롭게 노려봤다.

"――말도 안 돼. 특별 초대 부대라고 해도, 〈성검검무제〉를 우롱하려는 건가?"

"샤트레스 언니!"

알티리아가 말렸지만, 샤트레스는 여전히 냉철한 시선으로 그를 쳐다볼 뿐이었다.

(――내가 관대한 마왕이라 목숨을 건진 줄 알아라.)

수마왕 가조스나 베이라였다면, 불경죄를 물어서 재로 만들었을 것이다.

무지는 부끄러운 일이지만, 죄라고는 생각하지 않는다.

내 정체를 알게 되는 그날까지, 나를 얕보게 둘까.

"저기, 외람되지만 왕녀 전하——."

——그런 레오니스의 생각과 달리, 왕족에게 싸움을 거는 자가 있었다.

리세리아였다.

"음……?"

샤트레스는 팔짱을 낀 채, 리세리아를 내려다보며 말했다.

"너는 분명, 크리스타리아 공작의 딸이었던가——."

"네. 〈성검학원〉 대표, 리세리아 레이 크리스타리아입니다."

투명한 아이스블루 빛깔을 띤 눈으로, 리세리아는 샤트레스를 노려봤다.

"나는 〈서드 어설트 가든〉의 영웅인 크리스타리아 공작을 존경해. 하지만 너를 인정하는 건 아니지. 내 앞에서 꼴사나운 대전을 보이지 마."

"네. 왕녀 전하의 부대와 싸우게 되는 순간을 고대하고 있습니다."

리세리아답지 않은, 도발적인 태도였다.

(혹시, 꽤 화난 걸까?)

유심히 보니 백은색 머리카락이 마력을 머금으며 희미하게 빛나고 있었다.

리세리아는 성실하고 상냥하지만, 화낼 때도 있는 것이다.

그 조용한 분노에 압도당한 것은 아니겠지만——.

"——가자, 알티리아."

샤트레스는 돌아서더니, 출구를 향해 걸어갔다.

"아, 언니——."

언니를 붙잡을지 말지 잠시 고민한 왕녀는 레오니스 일행을 향해 돌아섰다.

"죄송해요. 언니가 무례를 범했어요. 저기, 또 만날 수 있다면 정말 기쁠 거예요——."

"네. 다음엔 〈성검검무제〉의 행사장에서 뵙겠습니다, 전하."

리세리아는 조용히 고개를 숙였다.

그리고 왕녀는 볼을 살짝 붉히더니…….

"고대하고 있겠어요. 저기, 레오니스도 그때 봐요……."

레오니스에게 인사를 건넨 후, 언니를 쫓으며 허둥지둥 뛰어갔다.

"어……?" 하고 고개를 갸웃거리는 레오니스의 옆에서…….

"소년은 정말 밤의 마왕이 될 것 같네요."

레기나가 어처구니없다는 투로 그렇게 말했다.

"그게 무슨 소리예요?"

"말 그대로의 의미예요."

레기나는 어깨를 으쓱하더니, 알티리아의 등을 쳐다봤다.

약간 쓸쓸한 미소를 띠고서.

레기나는 본인의 출신 성분을 밝히는 것이 엄격히 금지되어 있다고 한다.

재앙의 〈흉성〉에 저주받은 왕녀는 이 세상에 존재하지 않는 것으로 되어 있다.

그런 레기나의 어깨에, 리세리아가 상냥히 손을 얹었다.

"자아, 훈련을 계속하자."

제4장 폭풍의 징조

Demon's Sword Master of Excalibur School

——오전 훈련이 끝났다.

제4왕녀의 방문이라고 하는 뜻밖의 일이 있었지만, 리세리아가 세운 훈련 예정을 대부분 마치는 데 성공했다.

합숙 첫날은 가벼운 훈련 메뉴일 줄 알았는데, 제법 묵직한 내용이었다.

평소 기초 체력 훈련을 거의 하지 않는 엘피네는 물론이고, 레기나도 숨을 헐떡이며 운동장에 주저앉아 있었다.

(큭, 인간의 육체는 정말 구제 불능이구나.)

마력 강화 없이는 열 살 아이의 체력밖에 없는 레오니스 역시 당연히 지칠 대로 지쳤다.

멀쩡한 사람은 지금도 아무렇지 않게 허공에 검을 휘두르고 있는 사쿠야와 리세리아뿐이다.

(이렇게 되니 〈언데드〉의 몸이 부러운걸.)

피로한 기색을 전혀 보이지 않는 권속 소녀를, 레오니스는 부러운 듯이 쳐다봤다.

"내일부터는 본격적인 훈련 메뉴를 준비해 뒀어!"

"어어…… 아가씨, 너무 무리하는 것 아닌가요?"

"〈성검검무제〉까지 겨우 일주일밖에 안 남았잖아. 게다가 모처럼 피네 선배가 이렇게 멋진 합숙 시설을 제공해 줬는걸."

리세리아는 허리에 한 손을 대며 말했다.

"하지만 너무 무리하는 것도 좋지는 않을 거야. 점심 휴식은 좀 길게 잡을게."

그 말을 들은 순간, 레기나의 표정이 환해졌다.

"아, 그러면 저는 호텔에 마사지를 받으러 갈래요. 피네 선배도 같이 안 갈래요?"

"좋아. 그러면 나중에 같이 가자."

엘피네는 허벅지를 주무르면서 고개를 끄덕였다.

"나는 〈제도〉의 붕어빵을 사냥하러 다녀오겠어."

〈라이키리마루〉를 없앤 사쿠야는 품에서 가이드북을 꺼냈다.

붕어빵 사냥이 대체 뭘까? 하고 레오니스가 의문을 품었을 때…….

"그래……. 레오는, 어떻게 할래?"

리세리아가 묻자, 레오니스는 잠시 생각에 잠겼다.

솔직히 말해 고급 호텔의 마사지를 체험해 보고 싶지만, 함부로 마사지를 받았다간 셜리가 '그건 제 일이에요!' 하고 화낼 것 같았다.

그렇다면 〈제도〉를 좀 조사해 볼까.

"이참에 〈센트럴 가든〉을 관광해 볼까 해요."

"알았어. 그러면 내가 안내해 줄게."

"세리아 씨는 〈제도〉를 잘 아세요?"

"응. 아버님이 공무로 〈제도〉에 가실 때, 몇 번 동행한 적이 있거든. 〈센트럴 가든〉의 유명한 장소 정도는 안내해 줄 수 있어."

리세리아는 검지를 세우며 고개를 끄덕였다.

◆

호텔에서 소형 비클을 빌린 후, 〈센트럴 가든〉으로 이동했다.

레오니스는 리세리아의 허리를 끌어안은 채, 시가지의 경치를 둘러보고 있었다.

해수 여과용 가로수가 줄지어 있는 거리는 〈세븐스 어설트 가든〉과 그렇게 다르지 않았다.

"저 건물이 왕궁인가요?"

레오니스는 한참 떨어진 곳에 있는 거대한 건조물을 손가락으로 가리키며 물었다.

무수한 첨탑이 존재하는, 돌로 지어진 궁전이다. 이 일대에 존재하는 적층 구조물과는 명백하게 이질적인, 전통이 느껴지는 디자인이다.

"응. 〈임페리얼〉이 발족하기 전 구왕국 시대의 성을 분해해서 여기로 옮겼나 봐. 물론 내부는 완전히 리폼했지만 말이야."

리세리아가 대답해 줬다.

"〈제국〉의 황제는 저기에 살고 있나요."

"왕족은 별채에서 살아. 저기는 어디까지나 정무를 보는 장소거든."

(흠. 그런 부분은 명확하게 구분해 놓은 건가.)

1000년 전의 인간 왕족은 궁전 안에 방을 만들었는데 말이다.

"군 시설은 어디에 있나요?"

"근위 기사단의 주둔지는 왕궁 부지에 있어. 주된 임무는 왕궁과 삼왕가의 경호. 〈보이드〉와 싸우는 대규모 군 시설은 제Ⅱ플로트와 제Ⅶ플로트, 제Ⅸ플로트에 집중되어 있어. 물론 다른 플로트에도 부대가 주둔해."

"——그렇군요."

큰길을 빠져나가자, 완만한 언덕이 있는 공원 광장이 보였다.

"여기는 승전 기념 광장. 62년 전, 황제 폐하와 성검 기사단이 〈보이드〉의 군세에 승리한 장소야. 우리 조부님도 그 전투에 참여하셨어."

"그러면 저건 황제의 조각상인가요?"

광장 중앙에는 당당하게 검을 치켜들고 있는 청년의 거대한 조각상이 존재했다.

"응. 황제 폐하가 〈성검〉——〈엑스칼리버〉를 현현시킨 순간이야. 황제 폐하의 〈성검〉은 현재 확인된 것 중에서 최강의 〈성검〉이었대."

"……."

——〈엑스칼리버〉.

레오니스가 현현한 〈성검〉과 이름이 같은 〈성검〉.

"혹시 같은 〈성검〉이 다른 인물에게 깃드는 경우가 있나요?"

"으음, 글쎄……? 물론 능력이 비슷한 〈성검〉은 잔뜩 있지만,

완전히 똑같은 〈성검〉이 현현했단 이야기는 들어본 적이 없는 걸."

"——그런가요."

레오니스의 〈성검〉도 검이 아니라 권총 형태다.

역시 우연히 무기에 새겨진 이름이 동일한 걸까——?

(내 〈성검〉에 관해서는 더 조사할 필요가 있겠군.)

시가지를 달리는 와중에 눈길을 끈 것은 인상적인 팔각형 형태의 지붕이 달린 건물이었다.

〈임페리얼〉의 공인 종교인 〈인류교회〉의 성당이다.

〈인류교회〉는 1000년 전에 〈마왕군〉과 적대한 〈신성교단〉과는 근본적으로 다른 종교다. 이 시대의 인류는 과거에 지상을 지배한 〈광명신들(루미너스 파워즈)〉의 존재를 모르며, 〈성검〉의 힘의 원천인 별의 힘을 숭배하고 있다.

또한 〈인류 통합 계획〉과 함께 발족한 〈인류교회〉는 온갖 민족의 종교적 다양성을 허용하며, 그 교리를 조금씩 받아들인 것 같았다.

배타적인 교리로는 모든 인류를 통괄할 수 없는 게 틀림없다.

(합리적으로 인류를 통괄하기 위한 교리, 인가. 〈신성교단〉 놈들에게는 몇 번이나 쓴맛을 봤지만, 이 조직은 일부러 뭉갤 필요가 없으려나?)

현재 〈인류교회〉는 레오니스가 새로 창설한 〈마왕군〉의 적수가 되지 않을 것이다.

(——하지만 네파케스 레이저드는 〈인류교회〉의 사제로 위장

하고 있었지.)

레오니스가 〈성검학원〉의 학생 신분으로 위장한 것처럼, 그 자식도 인류 사이에 숨기 위해서 사제로 위장한 것일까.

(어쩌면 〈인류교회〉 그 자체가 놈들의 조직인 건가——.)

총본산인 〈제도〉에서, 그것을 확인해야만 한다.

광장을 지나자, 또다시 빌딩이 줄지어 있는 커다란 번화가가 나왔다.

"레오, 배고프지 않아?"

비클의 속도를 늦춘 리세리아가 그렇게 물었다.

"으, 으음, 좀 그러네요."

권속 앞에서 주인의 위엄을 떨어뜨리지 않기 위해 말하지 않았지만, 실은 오전의 혹독한 훈련 탓에 배가 고팠다.

"그러면 어디 들어가서 점심 먹자."

비클을 갓길에 세운 리세리아는 주위를 두리번거렸다.

"레오는 뭐가 먹고 싶어? 으음, 〈제도〉의 가게는 나도 잘 아는 편이 아니긴 해."

"저한테 맡겨주세요. 괜찮은 가게를 조사해 뒀거든요."

레오니스는 품속에서 단말을 꺼내 들었다.

"뭐?! 레오, 어느새 그런 센스남이 된 거야?!"

"하아……."

깜짝 놀라는 리세리아를 향해 대충 고개를 끄덕여 보인 레오니스는 셜리가 보고한, 이 근처에서 맛있는 레스토랑 100곳에 관한 정보를 열람했다.

◆

(역시, 또 세계가 일그러졌어.)

〈센트럴 가든〉—— 지하 스테이션의 만남의 광장에서——.

사쿠야는 반쯤 벗은 안대를 다시 장착해서, 호박색으로 빛나는 눈동자를 가렸다.

예전처럼 견딜 수 없을 정도의 격심한 통증이 느껴지지는 않지만, 여러 미래가 포개져서 보이는 탓에 일상적으로 이 눈을 이용하는 건 어렵다.

(그 자식은 시간이 지나면 익숙해질 거라고 했지만…….)

졸 바디스—— 〈마왕〉을 자처하는, 〈세븐스 어설트 가든〉을 음지에서 지배하는 자.

사쿠야에게, 이 〈시간의 마안〉을 준 존재.

그 정체는 베일에 싸여 있지만, 〈마왕〉이란 명칭에 걸맞게 인지를 초월한 압도적인 힘을 지닌 것은 틀림없다.

봉인이 풀린 〈오란〉의 수호신. 그 수호신을 잡아먹기 위해 나타난 〈샤다르크 보이드 로드〉를, 그 〈마왕〉은 혼자서 격퇴했다.

——그것은 명백한 사실이다.

(나는, 힘이 필요해.)

〈보이드〉에 복수하기 위해, 〈마검〉의 힘을 이 몸에 받아들였다.

――하지만, 그것만으로는 부족했다.

그날, 사쿠야의 앞에 나타나서 〈뇌신귀〉의 봉인을 푼 푸른 머리의 검사.

9년 전에 죽었을 터인 언니―― 세츠라.

언젠가 또 검을 맞대게 될 것이다.

다음에는 이기지 못할지도 모른다.

이 〈눈〉을 완전히 자신의 것으로 만들지 못한다면――.

"나는 인간이 아니게 되는 걸까."

왼쪽 눈을 감싼 안대를 손으로 누르면서, 자조하듯 그렇게 중얼거렸다.

바로 그때였다――.

"――프로스트 에지?"

골목길의 등 뒤에서 목소리가 들려왔다.

"너 말이야, 〈오란〉의 푸른 머리――."

고개를 돌려보니――.

하프팬츠에 재킷 차림의 소녀가 손을 흔들면서 다가오고 있었다.

가늘고 긴 손발과 갈색 피부, 그리고 귀는 나이프처럼 뾰족했다.

다크 엘프 종족이다.

(레나 다크리프――.)

사쿠야는 그 이름을 마음속으로 중얼거렸다.

〈마왕〉 졸 바디스의 휘하, 〈낭마중〉의 간부다.

그리고 옆에는 입가를 천으로 가린 소녀가 있었다.

저 소녀 또한 아는 인물이었다.

아르레 키르레시오. 폐도(廢都)에서 만났던 엘프 검사다.

저 소녀 또한 〈마왕〉의 조직에 속해 있다.

그 목적은 알 수 없지만, 서로의 속내를 캐지 않는 것이 암묵적인 규칙이었다.

소녀에게도 자신만의 의도가 있을 것이다.

"으음, 프로스트 에지가 뭐야?"

사쿠야는 다크 엘프 소녀에게 설명을 요구했다.

"시가지에서 작전 행동을 할 때의 코드네임이야. 내가 생각했어."

"하아……."

레나는 자랑하듯 얄팍한 가슴을 펴며 그렇게 말했다.

"참고로 나는 더 섀도. 이쪽은 소드 페어리야."

"소드 페어리?"

"내, 내가 지은 거 아니야……."

사쿠야가 당혹스러운 어조로 중얼거리자, 아르레는 귀를 새빨갛게 붉히며 그렇게 말했다.

"뭐, 좋아. 그런데, 나는 너희를 경호하면 되는 거야?"

"응. 십중팔구 싸움이 벌어질 거야."

두 사람이 향하는 곳은 〈제도〉에 있는 반(反) 국가 테러리스트의 거점이다.

현재 이 〈제도〉에는 수많은 범죄 조직, 반 국가 조직이 존재한다. 〈마왕〉 졸 바디스는 그런 조직을 전부 자기 휘하로 삼을 생각인 것 같았다.

레나는 그 교섭을 담당한다. 아르레와 사쿠야는 레나의 경호원이며, 상대에게 무력을 과시해야 할 때를 대비한 카드이기도 했다.

(——전투력만 본다면 혼자서 충분할 것 같은데 말이야.)

아르레 키르레시오와는 〈폐도〉에서 한 차례 검을 맞댄 적이 있다.

그 실력은 사쿠야와 거의 호각이었다. 어쩌면 더 강할지도 모른다.

하지만 이번 임무는 사쿠야가 〈마왕〉에게 충성하는지 시험하기 위한 것이리라.

"시간이 오래 걸릴 것 같아?"

"그건 상대가 어떻게 나오느냐에 달렸어."

사쿠야의 질문에, 레나는 어깨를 으쓱하며 그렇게 답했다.

선배들에게는 미안하지만, 오후 훈련을 무단으로 결석하게 될지도 모르겠다.

◆

엘피네는 나무 그늘이 드리워진 벤치에 홀로 앉아서 〈아이 오브 더 위치〉를 단말에 접속했다.

이곳은 시험장 밖에 있는 조그마한 공원이다. 시험 플랜트를

겸하고 있는지, 유전자 개량된 구세계의 나무들이 질서정연하게 심겨 있었다.

(자아, 그럼—— 내 싸움을 시작해 볼까.)

시설 안의 설비를 중계해서 〈애스트럴 가든〉에 접속했다.

〈아이 오브 더 위치〉의 힘을 쓰면, 이 정도는 손쉽다.

(문제는 피렛의 독립 네트워크야.)

〈샹그릴라 리조트〉 안에 있는 특수한 시설, 그리고 피렛의 본체인 〈제Ⅳ플로트〉의 네트워크는 완전히 독립되어 있어서, 외부로부터의 침입은 어렵다.

(물리적인 방법으로 〈캐트 시〉를 침입시킬 필요가 있어.)

외부의 인간이 침입하는 게 불가능한 제Ⅳ플로트는 일단 나중으로 미루고, 우선 〈샹그릴라 리조트〉의 시설을 제압하기로 했다.

호텔에 병설된 수족관, 카지노, 스타디움, 극장——.

(우선해야 할 건, 카지노네.)

〈제도〉 안에서도 합법적인 도박 행위가 가능한 장소다.

하지만 그것은 어디까지나 부유한 시민을 위한 대외적인 이미지다. 진짜 역할은 피렛 재단과 상회, 왕족과 귀족이 은밀하게 거래하는 사교장이다.

그리고 오빠인 핀젤 피렛이 지배하는 본거지이기도 했다.

그 본거지에 엘피네가 직접 들어가면 너무 눈길을 끌 것이다.

카지노에 놀러 왔다는 변명도 통하지 않을 것이다.

(누군가에게 〈캐트 시〉를 맡기는 편이 좋겠어.)

누구한테 맡겨야 좋을까.

그런 생각을 하고 있을 때였다. 누군가가 단말로 연락했다.

"……?!"

제18소대 멤버는 아니다. 모르는 인식 코드다.

탐지당할 만한 실수는 하지 않았는데.

"……."

긴장하면서 손끝으로 단말을 터치했다. 그러자——.

『——아, 드디어 연락이 닿았네. 피네.』

"클로비아 언니……."

엘피네는 탄식을 터뜨렸다.

충동적으로 통신을 끊을까 했지만, 겨우겨우 참았다. 이 타이밍에 언니가 접촉한 것은, 정보를 가지고 있어서일지도 모른다.

물론 경계심은 풀지 않았다. 언니는 자신과 마찬가지로 피렛 가문과 거리를 두고 있지만, 어찌 보면 오빠들보다 더 이해가 안 되는 존재다.

『〈제도〉에 돌아왔구나.』

"딱히 언니를 위해서 온 건 아니야……."

『〈성검검무제〉에 출전한다고 들었거든?』

"어쩌다 보니 그렇게 됐어."

『후훗, 과연 그럴까?』

단말 너머에서 미소를 짓고 있는 듯한 기척이 느껴졌다.

『모처럼 〈제도〉에 왔으니까, 나와 함께 전하를 도울 생각은 없니?』

"미안하지만 나는 바빠, 언니."

『그렇구나. 뭐, 좋아. 그러면 경고만 해줄게.』

"경고?"

『오빠가 〈성검검무제〉에 맞춰서 뭔가 계획 중이야.』

"핀젤 오빠가 말이야?"

엘피네는 눈을 치켜떴다.

"대체, 어떤——."

『글쎄. 거기까지는 몰라. 그래도 조심하는 게 좋을 거야. 특히 〈포스 어설트 가든〉의 〈아카데미〉의 부대와 붙게 된다면 말이지.』

〈아카데미〉는 피렛이 창립한 〈성검사〉의 양성기관이다. 오빠인 핀젤 피렛도 거기에 소속되어 있었던 적이 있다.

(〈성검검무제〉에서, 일을 벌이려는 거야?)

언니의 말을 순순히 믿을 수는 없다. 하지만 주의해둘 필요는 있을 것이다.

"경고해 줘서, 고마워……."

『어머나, 우리 피네도 참 솔직해졌네♪』

"끊겠어, 언니……."

『앗, 기다려! 마지막으로 하나만——.』

그렇게 말한 클로비아의 목소리가 갑자기 진지해졌다.

『딘플로트가—— 그 괴물이, 〈세노〉에 돌아왔어.』

그 이름을 들은 순간——.

"……!"

엘피네의 손끝이 떨렸다.

아버지—— 〈포스 어설트 가든〉 총독 딘플로트 피렛 백작.

피렛 재단의 왕인 남자. 그리고—— 어머니의 원수.

『〈성검검무제〉 관람석에 초대된 것 같아. 피네가 출전하는 것도 분명 알고 있을 테니까, 조심하도록 해.』

"으, 응……."

클로비아와의 통신이 끊어졌다.

뚝——.

갑자기, 이마에 물방울이 떨어졌다.

고개를 들어보니, 어느새 흐려진 푸른 하늘에서 비가 추적추적 내리고 있었다.

(이상해. 〈아이 오브 더 위치〉의 예측으로는 저녁때까지 날씨가 맑을 거라고 했는데…….)

먹구름이 드리우기 시작하더니, 먼 곳에서 번개가 번쩍였다.

◆

"으음, 이 가게의 파스타는 정말 맛있어!"

바지락 파스타를 입에 넣은 리세리아가 행복한 표정으로 볼을 감쌌다.

"레오가 추천해 준 이 가게, 정말 끝내줘♪"

"그렇다면 다행이네요."

레오니스는 가슴을 쓸어내렸다.

셜리가 추천해 준 레스토랑은 전체적으로 차분한 분위기이며, 인테리어 센스도 좋았다.

주방장의 요리 솜씨 또한 상당했다.

(흠, 셜리의 첩보 능력을 재평가할 필요가 있겠군.)

먹거리 이외의 정보에도 힘을 쏟아주면 좋겠지만, 암살이 전문인 메이드치고는 잘해주고 있는 편이라고 생각한다.

(나중에 상을 줘야겠어…….)

〈헬 그레이트 메달리온〉은 너무 과하려나――?

그런 생각을 하고 있을 때였다.

"레오, 입가――."

리세리아는 미소를 머금으며, 손수건으로 레오니스의 입가를 닦아줬다.

"세, 세리아 씨, 제가 닦을게요……."

"앗, 움직이면 안 돼."

레오니스는 얼굴을 붉히며 고개를 돌렸지만, 리세리아는 멈추지 않고 닦았다.

"자, 됐어."

"어, 어린애 취급하지 마세요."

레오니스가 뚱한 표정으로 그렇게 말하자…….

"후후. 레오가 먹고 있는 건 어린이 메뉴거든?"

"네……?"

그 지적을 들은 레오니스는 자기 요리가 담긴 접시를 내려다봤다.

햄버그와 파스타, 새우튀김과 감자, 치킨 라이스, 디저트로 푸딩…… 접시에 담겨 있는 것들은 하나같이 레오니스가 좋아하는 것들이었다.

“아, 아니에요! 어린이 메뉴 같아 보이지만, 이건 엄연한 콤보 플레이트예요. 메뉴에 그렇게 적혀 있었다고요. 게다가 치킨 라이스에 깃발도 꽂혀 있지 않은데——.”

레오니스는 필사적으로 반박했다.

“하지만 열 살 이하의 어린이만 주문할 수 있다고——.”

“으윽……!”

리세리아는 메뉴 아래편을 손가락으로 가리켰다.

거기에는 작은 글씨로 그렇게 적혀 있었다.

(윽~. 이, 이익, 셜리…….)

레오니스는 마음속으로 이를 갈았다.

이 콤보 플레이트는 셜리가 추천해 준 메뉴였다.

물론 셜리에게 악의는 없었을 것이다. 그저 레오니스가 좋아하는 요리가 모여 있는 이 메뉴를 추천했을 뿐인 게 틀림없다.

(화, 확인하지 않은 내 실수이기도 하지.)

그렇게 생각하기로 한 레오니스는 태연하게 햄버그를 입에 넣었다.

“어린이 메뉴라도, 맛있는 건 맛으니까요.”

“응, 맞아.”

고개를 끄덕인 리세리아는 후훗 하고 웃음을 흘렸다.

그리고 파스타를 먹던 포크를 깔끔하게 내려놓더니…….

"아직 시간이 있는데, 레오는 둘러보고 싶은 곳 있어?"

레오니스에게 물어봤다.

"글쎄요……."

레오니스는 잠시 생각에 잠기더니――.

"피렛 사의 건물을 보고 싶은데요……."

그 말을 입에 담은 순간, 리세리아의 표정이 약간 딱딱해졌다.

리세리아는 레오니스의 귓가로 얼굴을 가져가더니, 낮은 목소리로 말했다.

"저기, 피렛의 본사는 〈센트럴 가든〉에 없어."

"그런가요?"

"응. 본사는 제Ⅳ플로트에 있거든. 플로트 전체가 피렛의 부지야. 제Ⅳ플로트의 출입은 엄격하게 관리되고 있어서, 일반인은 들어가지 못해."

"마치 독립 국가군요."

"〈제국〉 시티 가드의 권한도 적용되지 않는, 치외법권인 장소야."

리세리아는 진지한 표정으로 고개를 끄덕였다.

(그렇다면, 잠입할 수밖에 없나.)

바로 그때, 창밖이 새하얗게 빛났다.

그 직후에 멀리서 천둥이 치더니, 비가 추적추적 내리기 시작했다.

"비……? 〈성검사〉의 예보에 따르면, 오늘은 온종일 맑을 거랬는데……."

먹구름이 드리워진 하늘을 올려다본 리세리아가 의아하다는 듯이 눈썹을 찌푸렸다.

"오후 훈련은 실내에서——."

——바로 그때였다.

슈우우우우우우우우우우우우우우웅——!

격렬한 바람 소리가 들려오는 것과 동시에——.

"……?!"

레스토랑의 창문이, 일제히 날아갔다.

제5장 폭룡 습격

Demon's Sword Master of Excalibur School

천둥과 파괴, 혼돈을 일으키면서, 그것은 〈제도〉의 상공에 나타났다.

휘몰아치는 폭풍이, 빌딩의 창문을 일제히 파괴했다.

"——레오!"

리세리아는 반사적으로 레오니스의 목덜미를 잡더니, 지면에 쓰러뜨렸다.

그 직후, 깨진 유리 파편이 주위에 쏟아졌다.

"윽……. 레오, 괜……찮아?"

"그, 그래요……."

투명한 아이스블루 빛깔을 띤 눈이 걱정스러운 듯이 레오니스를 응시하고 있다.

그 눈빛에 가슴이 뛴 레오니스는 시선을 돌리면서 몸을 일으켰다.

(도대체, 무슨 일이 일어난 거지?)

깨진 창문 밖을 쳐다봤다.

주위에서는 시민들의 비명이 들려오고 있었으며, 경보음도 울려 퍼지고 있었다.

〈보이드〉의 습격을 알리는 사이렌이다.
"〈보이드〉……?"
"가보자, 레오!"
"세리아 씨!"
리세리아는 날카롭게 외치더니, 깨진 창문을 통해 밖으로 나갔다.
레오니스도 의자를 이용해 창문을 넘은 후, 허둥지둥 그 뒤를 따랐다.
바람이 격렬하게 휘몰아치고 있었다.
머리 위에는 시꺼먼 먹구름이 드리웠으며, 천둥번개도 치고 있었다.
휘몰아치는 바람과 소나기가, 인정사정없이 레오니스의 얼굴을 때렸다.
시민은 인근 지하 대피소로 쇄도하고 있었다.
무참히 뒤엎어진 포장도로에는 일직선으로 그어진 파괴의 흔적이 남아 있었다.
거대한 무언가가 스쳐 지나간 흔적 같았다.
(비행의 여파만으로 이 정도의 파괴를 일으킨 건가——.)
레오니스는 파괴의 흔적이 이어지는 방향을 마술의 〈눈〉으로 응시했다.
——그러자 머나먼 상공.
뇌광이 번쩍이고 있는 비구름 안에서—— 활활 타오르는 불꽃 같은 진홍의 날개가 보였다.

(아니?!)

눈을 가늘게 뜬 레오니스의 볼이, 희미하게 질렸다.

——〈보이드〉 따위가 아니다.

〈불사자의 마왕〉의 숙적인 저 존재를, 잘못 볼 리가 없다.

저것은 〈용왕〉——.

베이라 드래곤로드의 진정한 모습이다.

(이럴 수가……. 저 녀석이 왜 여기 있는 것이지?!)

베이라는 해저에 가라앉은 〈아주르 포트〉를 찾기 위해 바다 너머로 날아갔다.

"레, 레오. 저건 일전에 〈세븐스 어설트 가든〉에서 날뛰었던 괴물…… 맞지?"

리세리아도 〈흡혈귀〉의 눈으로 본 것 같았다.

"그런 것 같아요……."

고개를 끄덕인 레오니스는 이를 악물었다.

하지만 그때처럼 〈보이드〉의 독기를 두르고 있지는 않으며, 허공의 균열을 통해 〈보이드 드래곤〉을 소환하려는 기색도 없었다.

(허무에 좀먹힌 건 아닌가?)

크워어어어어어어어어어어——!

드래곤의 포효가 〈제도〉의 대기를 뒤흔들었다.

거대한 날개가 번개를 머금은 구름을 찢더니, 어마어마한 폭풍을 일으켰다.

(큭, 제정신이 아닌 것 같군.)

시가지를 직접 공격할 의도는 없는 것 같지만, 어찌 됐든 이대로 있다간 〈제도〉에 막대한 피해가 발생할 것이다.

거대 적층 구조물의 셔터는 전부 내려갔으며, 도시 전체가 대 〈보이드〉 전투용 모드로 변경되고 있다. 요격 행동을 취한다면 베이라도 반격할 게 틀림없다.

——그렇게 되면 〈용왕〉의 숨결에 의해, 구역 하나가 잿더미로 변할 것이다.

(내 〈왕국〉이 아니니까, 어찌 되든 상관없지만——.)

레오니스가 숙박하는 호텔이 휘말리는 건 조금 곤란하다.

(게다가 이 〈제도〉 또한, 언젠가 〈마왕군〉의 거점이 될 예정이니 말이야——.)

레오니스는 발치의 그림자에서 〈봉죄의 마장〉을 불러냈다.

"——레오?"

"저것을 막겠어요. 일단 옛 지인 같은 사이라서요——."

"지인?"

리세리아는 당혹스럽다는 듯이 눈썹을 모았다.

"죄송하지만, 자세히 이야기할 시간이 없으니까——."

돌아선 레오니스가 〈그림자 건너기〉 마술을 펼치려는 순간…….

"——기다려! 나도 같이 가겠어!"

리세리아가 〈블러디 소드〉를 손에 쥐었다.

하지만 레오니스는 고개를 젓더니…….

"아뇨. 저건 위험해요. 세리아 씨는 이곳에 남아 주세요."

……하고 말한 후, 그림자 속으로 모습을 감췄다.

"——레오!"

리세리아는 레오니스를 뒤쫓으려 했지만——.

"누가, 누가 좀 도와줘!"

등 뒤에서 비명이 들려오자, 퍼뜩 놀라며 고개를 돌렸다.

미처 도망치지 못한 젊은이가 뒤집힌 비클에 깔린 채 비명을 지르고 있었다.

"큭, 지금 갈게!"

리세리아는 지면을 박차더니, 마력의 날개로 날아올랐다.

◆

휘몰아치는 폭풍 속을, 레오니스는 빌딩의 그림자를 이용해 이동했다.

〈제도〉에는 아직 〈그림자의 회랑〉을 설치하지 않았기에, 이동 속도가 느렸다.

"큭, 저 녀석은 대체 뭘 하려는 거지?"

레오니스는 짜증 섞인 목소리로 그렇게 외쳤다.

진홍색 드래곤은 시가지를 공격하지도 않으며, 그저 〈제도〉의 상공을 선회하고만 있었다.

물론 그것만으로도 상당한 파괴가 발생하고 있지만, 레오니스와 동급의 〈마왕〉인 베이라 드래곤로드가 진심으로 공격을 시작한다면 시가지는 이미 불바다가 됐을 것이다.

진홍색의 드래곤은 지상을 내려다보며 비행하고 있었다.

(뭐야? 뭘 찾고 있는 건가?)

확신은 없지만, 그렇게 보였다.

그렇다면, 대체 무엇을——?

두웅, 두웅두웅, 두웅!!

바로 그때, 연이은 포격음이 주위에 울려 퍼졌다.

격렬한 폭발이 하늘을 새빨갛게 물들였다.

대 〈보이드〉 전투용 방어망이 베이라를 공격한 것 같았다.

(큭, 멍청한 것들——〈용왕〉의 역린을 건드릴 셈이냐!)

하늘을 나는 드래곤이 그대로 고개를 돌리더니, 열기를 머금은 섬광을 뿜었다.

콰아아아아아아아아아아앙!!

불기둥이 피어올랐다. 대 〈보이드〉 용 포대가 한꺼번에 파괴됐다.

"……읏?!"

『……님, 마왕님——.』

"셜리인가——."

머릿속에서 들려온 목소리에, 레오니스는 답했다.

『——〈용왕〉님은 제정신이 아니신 걸까요!』

"아무래도 그런 것 같군——."

그림자 안을 연속으로 이동하면서, 레오니스는 고개를 끄덕였다.

베이라가 신들과 싸우면서 폭주 상태가 된 모습을 몇 번 본 적이 있다.
하지만 지금 상태는 그런 폭주와 달라 보였다.
(설마, 정신 지배를 당한 건가?)
드래곤은 종족적 특성으로 마술에 대한 강력한 내성을 지닌다.
그러니 〈용왕〉에게 〈정신 지배〉를 걸 수 있는 술사가 있을 리가——.
“아무튼, 이대로 둘 수는 없나——.”
〈제도〉와 〈성검학원〉의 부대가 출격해서 본격적인 공격이 시작되면, 〈용왕〉의 역린을 건드리게 되리라. 그랬다간 〈제도〉는 순식간에 불바다가 된다.
『마왕님, 어, 어쩌죠?!』
셜리의 목소리에서 초조함이 묻어났다.
1000년 전에 〈용왕〉이 얼마나 거칠고 사나웠는지 기억하는 것이다.
“셜리, 저 녀석을 〈렐름 오브 섀도〉에 집어넣는 거다.”
그리고 한순간 침묵이 흐른 후…….
『어, 어어어어어어엇, 〈용왕〉님을 말인가요?! 왕국이 엉망진창으로 파괴될 거예요!』
“하지만 여기서 날뛰게 두는 것보다는 낫다. 어쩔 수 없어.”
『하, 하지만…….』
“내가 신호하면 〈왕국〉의 문을 열어라. 이건 명령이다.”
『알겠습니다. 즉시 준비하겠어요. 문은 어디에 전개할까요?』

"〈센트럴 가든〉의 경기용 스타디움이다. 내가 저 녀석을 거기로 유도하지."

레오니스는 높은 빌딩 위에 내려서더니, 〈봉죄의 마장〉을 머리 위로 치켜들었다.

"제5계위 마술――〈파마섬파(破魔閃波)〉(브라스 하이바하)!"

마장의 끝에 달린 보옥, 〈용의 눈〉이 흉흉한 빛을 뿜었다.

부채꼴로 뻗은 마력 파동이 순식간에 이 일대에 퍼져 나갔다.

눈에 띄는 파괴는 발생하지 않았다. 하지만 〈불사자의 마왕〉의 강렬한 마력 파동을 쬔 관측기기는 전부 사용 불능 상태가 됐을 것이다.

이것으로 레오니스의 모습이 영상에 남을 걱정은 하지 않아도 된다.

관측기기 이외의 마도 기기도 전부 휘말렸겠지만, 거기까지는 어쩔 수 없다.

레오니스는 이어서 주문을 영창했다.

"제8계위 마술――〈극대소멸화구(極大消滅火球)〉(아르그 베르제르가)!"

콰아아아아아아아아아아아아아아앙!

거대한 불덩이가 베이라에게 정통으로 명중하자, 굉음과 함께 대기가 격렬하게 떨렸다.

베이라는―― 멀쩡했다.

최고위 드래곤의 비늘은 레오니스가 펼친 제8계위 마술마저 튕겨냈다.

하지만 의도한 대로, 주의를 끄는 데는 성공한 것 같았다.

흉흉하게 빛나는 황금색 눈이, 빌딩 옥상에 선 레오니스를 노려봤다.

평범한 인간이라면, 저 안광을 본 것만으로도 정신을 잃을 테지만——.

"역시, 제정신으로 돌아오지 않는 건가."

레오니스는 마음속으로 혀를 찼다. 예상대로였다.

하지만——.

"——덤벼라, 긍지 높은 용의 패왕이여!"

쿠오오오오오오오오오오오——!

진홍의 마룡이 포효했다.

레오니스는 그림자를 건너서, 옆에 있는 빌딩으로 순간 이동했다.

용의 입에서 뿜어져 나온 섬광이 방금까지 그가 서 있었던 빌딩을 깔끔하게 날려버렸다.

"——〈극대중파(極大重波)〉!"

레오니스는 공격을 이어가려는 듯이 제8계위 마술을 펼쳤다.

베이라를 주위의 공간과 함께 중력 감옥에 가뒀다.

——하지만 베이라는 두 날개를 펄럭여서, 중력 감옥을 억지로 파괴했다.

섬광이 주위에 있는 빌딩을 모조리 쓸어버렸다.

레오니스는 중력 조작 주문을 펼쳐서 허공으로 날아올랐다.

"제6계위 마술——〈폭살뢰〉!"

두웅, 두웅, 두웅, 두웅, 두우우웅!!

레오니스는 격렬한 폭발에 의한 연기로 시야를 차단하면서 물러났다.

브라커스가 건재하다면 접근전도 어느 정도 가능하겠지만, 지금의 레오니스의 육체로는 마술을 연이어 펼치면서 거리를 벌릴 수밖에 없다.

진홍색의 드래곤이 날갯짓했다.

폭풍이 휘몰아치면서, 단숨에 연기를 걷어냈다.

후퇴하는 레오니스를 향해, 섬광이 뿜어졌다.

"……?!"

허공을 찢는 섬광을, 레오니스는 마장 끝으로 쳐냈다.

(흠. 역시 정신 조작을 당한 것 같군.)

〈용왕〉의 섬광은 아무리 레오니스라도 간단히 막아낼 수 있는 것이 아니다.

폭주 상태에 들어가는 바람에 이성이라는 족쇄가 벗겨진 것과는 다르다.

인간의 몸에 비유하자면, 열병에 걸려 의식이 몽롱해진 상태에 가까울까.

"——〈폭렬주탄(爆裂呪彈)〉, 〈잠드〉, 〈잠드〉!"

그림자를 이용해 순간이동을 하면서, 제3계위의 폭뢰 주문을 연이어 펼쳤다.

당연히 대미지는 줄 수 없지만, 무작정 주문을 난발하고 있는 건 아니다.

베이라를 〈센트럴 가든〉 외곽으로 유도하는 것이다.

크, 워……어어어어어어어어어어어어어어어어――!

두 날개를 크게 펼친 진홍색의 드래곤이 활공하며 쫓아왔다.

(적당한 타이밍인가.)

레오니스는 높은 빌딩 위에 내려섰다.

그 빌딩의 바로 옆에는 거대한 경기용 스타디움이 있었다.

"셜리, 〈렐름 오브 섀도〉의 문을 열어라!"

『――네, 마왕님!』

주륵…… 주르으으으윽…… 주르으으으으으으으으윽――.

경기장의 중심에서 어둠이 흘러나와 단숨에 퍼져 나갔다.

빛을 전혀 반사하지 않는, 완전한 어둠이다.

경기장 벽이 그대로 일그러지더니, 그 그림자 안으로 녹아 들어갔다.

"――〈용왕〉이여. 너를 내 〈그림자 왕국〉으로 초대하지."

레오니스는 손가락을 튕겼다.

――그리고, 다음 순간…….

거대한 그림자 안에서 무수한 쇠사슬이 사출되더니, 베이라의 거대한 몸에 휘감겼다.

"〈디 아크 세븐스〉 중 하나―― 〈사룡박쇄(邪龍縛鎖)〉. 도신(盜神) 샤자크 나레가 〈육영웅〉인 〈용신〉 기스아크에게서 훔친 비보를 내가 강탈했지. 사룡을 쓰러뜨리기 위해 만들어진 신의 사슬이다. 용의 패왕인 너한테도 잘 통하겠지."

레오니스는 크크큭 하고 음흉한 웃음을 흘렸다.

쇠사슬에 꽁꽁 묶인 진홍색 드래곤은 버둥거리면서도 그림자 안으로 끌려 들어갔다.

강대한 사룡을 묶기 위한 사슬이다. 약한 존재라면 간단히 빠져나올 수 있지만, 강대한 용일수록 그 힘을 속박시키는 저주가 걸려 있다.

그래도 베이라가 만전의 상태였다면, 힘으로 저 쇠사슬을 끊었으리라.

역시, 어딘가 이상하다.

크, 르르르르르르르르르르르……!

"이 정신 나간 용아. 좀 얌전히 있어라."

제10계위 마술――〈암옥폭렬광(暗獄爆裂光)〉.

쿠아아아아아아아아아아아아아아아아아앙――!

여전히 날뛰고 있는 베이라를 향해, 레오니스는 마무리 일격을 날렸다.

◆

"윽, 레오……!"

하늘을 찌를 듯한 불기둥이 번개가 치고 있는 하늘을 불태웠다.

그 폭발에 의한 연기가 대기를 뒤덮자, 〈흡혈귀〉의 눈으로도 무슨 일이 일어난 건지 볼 수 없었다.

레오는 또 혼자서 저 거대한 용과 싸우고 있는 것일까――?

왠지 가슴이 찢어지는 듯한 심정에 사로잡힌 리세리아는 입술을 꼭 깨물었다.
——바로 그때였다.
"우, 우에에에에에에에엥!"
어딘가에서 어린애가 우는 소리가 들려왔다.
"……읏?!"
온몸의 피에 마력을 흘려서, 감각을 날카롭게 만들었다.
무너진 빌딩 근처에서 몸을 웅크리고 있는 어린애가 보였다.
리세리아는 서둘러 그 아이에게 뛰어가더니…….
"괜찮아——."
몸을 굽히면서 상냥히 말을 건넸다.
"으…… 성……기사님……?"
〈성검학원〉의 교복을 본 소년이 약간 안도한 듯한 표정을 지었다.
이 혼란 속에서 보호자와 떨어진 것일까.
유심히 보니, 그 소년의 덩치는 레오니스와 비슷해 보였다.
어쩌면 나이도 비슷할지도 모른다.
(그래. 평범한 열 살 아이라면 이 상황에선 겁에 질릴 거야.)
레오니스와 함께 지내다 보니 잊게 되지만.
〈흡혈귀〉의 눈으로 주위를 둘러봤지만, 다른 인기척은 없었다.
"여기는 위험해. 같이 대피소로 가자——."
리세리아가 손을 잡아주자, 소년은 고개를 끄덕였고——.
쩌적…… 쩌저적…… 쩌저저저저적…….

그 순간, 뭔가가 삐걱거리는 듯한 소리가 들려왔다.

불온한 예감에 휩싸이며 뒤를 돌아보니——.

콰과과과과과과과과과과과과과과과광!!

반쯤 부서진 건물의 잔해가 눈사태처럼 쏟아지고 있었다.

"——〈혈화난인(血華亂刃)〉!"

리세리아는 〈성검〉을 뽑아 들며, 그대로 휘둘렀다.

무수하게 갈라져 가늘디가는 피 칼날이, 쏟아져 내리는 건물의 잔해를 산산이 부쉈다.

"기, 기사님……?"

"이곳을 벗어나자. 걱정하지 마. 내가 지켜줄게."

리세리아는 미소를 머금으며 고개를 끄덕이더니, 소년을 보호하며 대피소로 뛰어갔다.

◆

——〈렐름 오브 섀도〉.

〈불사자의 마왕〉—— 레오니스 데스 매그너스가 다스리는, 77개의 속령 중 하나.

그 세계에는 색깔이 존재하지 않으며, 하늘과 대지도 암회색으로 물들어 있다.

과거에 이 왕국을 지배했던 그림자 여왕의 저주 탓이다.

그림자 여왕은 그림자 왕국의 왕자와 〈불사자의 마왕〉에게 토벌됐지만, 그 저주는 여전히 왕국을 뒤덮고 있다.

그런 암회색의 대지에, 레오니스는 천천히 내려섰다.

"매그너스 공, 이게 도대체 무슨 일이지? 어째서 〈용왕〉이 여기에……?"

그림자 늑대가 어디선가 나타났다.

브라커스다. 하지만 평소보다 덩치가 작았다. 아직 샤다르크에게 입은 상처가 완전히 낫지 않은 것이다.

"평온하게 잠들어 있던 그림자들이 술렁거리고 있다."

"미안하다. 피치 못할 사정이 있어서, 저 녀석을 여기로 보낼 수밖에 없었어."

레오니스는 사과한 후, 주위를 둘러봤다.

베이라는 용을 봉인하는 쇠사슬에 묶인 상태에서도 여전히 버둥거리고 있었다.

황량한 대지가 그 열기에 의해 녹아내리면서, 곳곳에 구덩이가 파였다.

그 파괴의 중심지에——.

무수한 쇠사슬에 묶인, 붉은 머리 소녀가 있었다.

용을 봉인하는 쇠사슬에 힘을 빼앗기면서, 봉인 상태인 용인(龍人)의 모습이 된 것이다.

레오니스는 마장을 손에 쥔 채, 베이라를 향해 걸음을 옮겼다.

"마, 마왕님, 위험해요! 아직 다가가지 않으시는 편이——."

등 뒤에 나타난 셜리가 말렸다.

"걱정하지 마라. 지금의 저 녀석은 저 사슬을 풀 수 없다."

레오니스는 손을 내렸다.

공중에 내걸려 있던 베이라가, 천천히 내려왔다.

그 황금색 눈동자에 깃든 흉포한 빛은 사라졌으며, 멍하니 허공을 응시하고만 있었다.

"나를 인식하지 못하는 건가——."

——역시 정신 조작을 당한 것 같다.

마술이 아니라, 고유의 능력——인가?

(전성기의 힘은 잃었다고 해도, 〈마왕〉의 정신을 조작해?)

네파케스, 제마인 따위에게는 절대로 불가능하다.

〈육영웅〉의 〈성녀〉 티아레스, 〈대현자〉 아라키르조차도 〈마왕〉을 정신 지배할 수 없었다.

대체 누가, 베이라를 이런 상태로 만든 것일까——?

(뭐, 됐다. 당사자에게 물어보면 되겠지.)

레오니스는 걸음을 내딛더니, 베이라의 이마에 손을 댔다.

정신 조작계 마술은 레오니스도 쓸 수 있지만, 자신 있는 분야는 아니다.

그래서 직접 마력을 흘려 넣어서 충격을 주기로 했다. 인간에게 같은 짓을 한다면 정신이 붕괴하겠지만, 베이라라면 괜찮을 것이다.

"이제 그만 정신을 차려라, 〈용왕〉이여——."

손바닥에서 마력이 뿜어져 나오면서, 새파란 불똥이 튀었다.

"으…… 아, 크, 아아아아아아아앗!!"

베이라의 온몸이 떨리더니, 비명 같은 목소리가 터져 나왔다.

"아, 아아아아아아…… 뭐……야——."

"음?"

〈용왕〉의 눈동자에, 흉포한 빛이 어렸다.

"뭐……하는 거야아아아아아앗!"

"……윽?!"

고오오오오오오오오오오오오오오오!!

베이라가 뿜은 불꽃의 숨결을, 레오니스는 즉시 펼친 마력 장벽으로 막아냈다.

"하아…… 하아, 하아……. 어, 레, 레오?"

눈을 껌뻑이던 베이라는 갑자기 고개를 갸웃거리며 그렇게 말했다.

"흥. 드디어 너다워졌구나."

레오니스는 교복의 먼지를 털면서 어깨를 으쓱했다.

"뭐? ……어…… 이, 게…… 뭐야!"

베이라는 양손을 묶고 있는 쇠사슬을 흔들어대면서 레오니스를 노려봤다.

"그래봤자 소용없다. 그 쇠사슬은 〈디 아크 세븐스〉 중 하나. 그리 간단히는 풀리지 않아."

"윽……. 여기는 레오의 〈렐름 오브 섀도〉 맞지? 나를 어쩌려는 건데?"

"진정해라. 물어볼 게 있는 건 바로 나다."

레오니스는 한숨을 내쉰 후, 그녀에게 물었다.

"너는 〈아주르 포트〉로 돌아가지 않았느냐? 대체 무슨 일이 있었지?"

"〈아주르 포트〉……?"

베이라는 멍한 표정으로 고개를 갸웃거리더니——.

곧, 헉—— 하고 숨을 삼키며 눈을 치켜떴다.

"〈해왕〉이, 있었어……."

"뭐?!"

베이라가 쓰디쓴 얼굴로 입에 담은 것은, 뜻밖의 이름이었다.

"〈해왕〉이라니, 설마, 리바이즈 딥 씨 말이냐?!"

"응. 틀림없어."

베이라는 고개를 끄덕였다.

〈해왕〉——일곱 개의 마해를 다스리는 〈팔마왕〉 중 한 명.

단순한 전투 능력만 본다면, 아마 최강의 〈마왕〉일 것이다.

〈마왕〉이라기보다, 그 본질은 의지를 지닌 재해라고 해야 할까. 〈여신〉 로제리아조차도 〈해왕〉을 완전히 제어하지는 못해서, 뜻대로 하게 뒀다.

(리바이즈 딥 씨가 부활한 건가——.)

——믿기지 않는 이야기다.

하지만 같은 〈마왕〉인 베이라 드래곤로드가 부활했으니, 있을 수 없는 이야기는 아닐 것이다.

"——그 자식은 내 옥좌에 앉아 있었어."

베이라는 어금니를 깨물었다.

"나와, 용의 전사들이 잠들어 있는 성을, 자기 것처럼 차지하고 있었단 말이야!"

그래서 싸움이 벌어진 건가. 용은 영역 의식이 강하니까…….

"——이야기해 보진 않은 건가?"

"그래. 개한테 말이 통할 리가 없잖아."

베이라는 짜증 섞인 어조로 그렇게 말했다.

(그건 너도 마찬가지이지 않느냐.)

그 말을, 레오니스는 입 밖으로 일부러 내뱉지 않았다.

"원래, 무슨 생각을 하는지 전혀 알 수 없는 놈이었는걸."

"그건, 그렇지."

레오니스는 〈해왕〉과 함께 싸운 적이 있지만, 원래 행동 원리가 이해 안 되는 〈마왕〉 중에서도 그녀는 특히 생각을 예상할 수 없는 존재였다.

하지만 아무리 그래도 이해가 안 되는 부분이 있었다.

"〈해왕〉이 너한테 정신 지배를 건 것이냐?"

"정신 지배……?"

"기억 못 하는 것이냐? 너는 완전히 이성을 잃고 있었다."

"윽, 폭주 상태가 됐던 것은 기억해……. 하지만…… 어, 째서……?"

베이라는 괴로운 것처럼 표정을 찡그렸다.

(정신 지배를 당했을 때의 기억을 잃은 건가.)

아니, 의도적으로 기억이 지워졌을 것이다.

〈해왕〉이 베이라를 정신 지배했을 거라고는 생각하기 어렵다.

리바이즈 딥 씨는 최강급의 〈마왕〉이지만, 그런 쪽의 마술은 특기가 아니었다.

〈해왕〉을 부활시킨 누군가가 그 자리에 있었던 걸까――?

이 세상에는 멸망한 〈마왕〉을 부활시키려 하는 세력이 있는 것 같다.

옛 부하인 마왕군 참모 제마인은 〈네크로조아〉에서 〈여신〉의 신전을 기동해 〈불사자의 마왕〉 부활을 꾀했다.

(아무튼, 경계해야 할 사태로군.)

베이라의 정신 지배는 불완전한 것이었지만, 〈해왕〉은 그 누군가에게 완전히 정신을 지배당하고 있을 가능성이 있다.

――〈마왕〉을 지배할 수 있는 존재.

(――말도 안 돼…….)

레오니스는 한순간 뇌리에 떠오른 그녀의 모습을 떨쳐내려는 듯이 고개를 저은 후…….

"그런데, 너는 왜 〈제도〉에 온 것이지?"

다른 질문을 던졌다.

"제……도……?"

"인류의 수도다. 뭔가 목적이 있어서 온 것 아니냐?"

"글쎄, 모르겠어."

베이라는 진홍색 머리카락을 휘날리며 고개를 저었다.

"우연히 여기로 날아왔다는 것이냐?"

――그것은 말이 안 된다. 물론 〈제도〉는 거대한 〈해상도시〉가 맞지만, 광활한 바다에서 우연히 여기를 발견했다는 것도 이상하니 말이다.

"그러고 보니, 뭔가를 찾아다니는 것 같던데……."

"찾아다녀? 뭘…… 아……."

바로 그때, 베이라는 뭔가를 눈치챈 듯한 표정을 지었다.

"아아——응……. 그, 래……."

"왜 그러지? 짚이는 데가 있는 것이냐?"

"으……. 어, 없어! 우연히, 여기로 날아왔을 뿐이야!"

베이라는 갑자기 얼굴을 새빨갛게 붉히더니, 레오니스의 다리를 세게 걷어찼다.

"아얏…… 뭐, 뭐 하는 것이냐!"

"그, 그것보다, 빨리 이 쇠사슬을 풀어!"

용을 봉인하는 쇠사슬을 흔들어대면서, 베이라는 레오니스를 노려봤다.

"뭘 할 생각이지……?"

대답은 뻔하지만, 일단 물어보기로 했다.

"뻔하잖아. 드래곤은 빚을 꼭 갚아주거든. 내 〈아주르 포트〉를 되찾을 거야!"

"리바이즈 딥 씨에게 이길 승산은 있는 것이냐?"

레오니스는 어처구니없다는 표정으로 어깨를 으쓱했다.

단독 전투력으로는 최강의 〈마왕〉인 〈해왕〉. 게다가 또 한 명, 그녀를 지배한 정체불명의 존재도 있는 것이다. 제아무리 포학한 〈용왕〉일지라도, 무모하기 그지없다.

"〈용왕〉에게 두 번의 패배는 없어."

베이라는 흉흉한 목소리로 으르렁거리듯 그렇게 말했다.

"나는 몇 번이나 패배를 반복하며, 대책을 세웠는데 말이지."

그래서 〈불사자의 마왕〉은 〈해왕〉과는 다른 의미에서 최강이라 불린 것이다.

레오니스는 땅이 꺼지도록 한숨을 쉬더니, 손가락을 튕겼다.

그러자 〈라그바 졸〉이 베이라의 몸을 옥죄어들었다.

"크……. 뭐, 뭐 하는 거야!"

"여기서 머리나 좀 식히고 있어라."

레오니스는 그렇게 말한 후, 뒤돌아섰다.

"레오, 기다려! ……가, 감히 이런 굴욕을…… 두고 봐!"

아우성치는 〈용왕〉을 무시한 레오니스는 그대로 모습을 감췄다.

제6장 엘피네의 의뢰

Demon's Sword Master of Excalibur School

〈렐름 오브 섀도〉에서 나와 보니, 폭풍이 그치면서 하늘을 뒤덮은 회색 구름도 사라진 상태였다.

하지만 〈센트럴 가든〉의 시가지에서는 시끄러운 사이렌 소리가 울려 퍼지고 있었으며, 도시의 전투 모드는 여전히 유지되고 있었다.

"하아, 정말 민폐 덩어리군."

레오니스는 상의의 먼지를 털면서 한숨을 쉬었다.

——바로 그때, 품속에 넣어둔 통신 단말이 울렸다.

『……오, ——레오, 어디 있어? 대답해——.』

"아, 세리아 씨—— 저는 괜찮아요."

『레오…….』

레오니스가 대답하자, 안도하는 목소리가 들려왔다.

『정말, 걱정했잖아!』

"미, 미안해요. 꾸중은 나중에 들을게요."

상대에게는 보이지 않겠지만, 레오니스는 그 자리에서 머리를 깊이 숙이며 사과했다.

권속 소녀는 꽤 화난 것 같았다.

(이거, 나중에 기분을 풀어줘야겠는걸…….)

레오니스의 이마에서 식은땀 한 방울이 흘러내렸다.

『하지만, 무사해서 다행이야. 마중하러 갈까?』

"아뇨. 혼자 돌아갈 수 있어요. 호텔에서 합류하죠."

『혼자 올 수 있겠어?』

"걱정하지 마세요. 지도는 단말로 볼 수 있으니까요."

으음, 하고 잠시 고민하듯 뜸을 들인 후――.

『알았어. 유괴 안 당하도록 조심해.』

"――네, 조심할게요."

쓴웃음을 지으며 대답한 레오니스는 통신을 껐다.

◆

한발 먼저 그림자를 이용해 호텔로 돌아가 보니, 로비가 소란스러웠다.

〈샹그릴라 리조트〉가 있는 에어리어에는 피해가 없었던 것 같지만, 느닷없이 하늘에 그런 드래곤이 나타났으니 혼란이 발생하는 게 당연했다.

뉴스에서는 초대형 〈보이드〉가 갑자기 나타나서 〈센트럴 가든〉에서 파괴행위를 자행한 후에 허공으로 사라졌다고 보도하고 있었다.

영상기기는 레오니스가 전부 파괴했기에, 캐스터의 음성만 나오고 있었다.

로비의 체크를 건너뛴 레오니스는 태연한 얼굴로 자기가 묵는 층으로 돌아갔다.

누가 돌아와 있을까 싶어서 미팅룸의 문을 열어보니…….

"아, 레오——."

소파에 앉아 있던 엘피네가 단말에서 눈길을 떼며 고개를 들었다.

"엘피네 선배, 돌아왔었군요."

"응. 〈센트럴 가든〉 쪽은 난리였어. 아까 세리아에게 연락을 받았는데, 오늘 훈련은 중지하겠대."

"그렇겠죠……."

고개를 끄덕인 레오니스는 맞은편 소파에 앉았다.

"레오, 주스라도 마실래?"

"아, 네. 마실래요."

"잠시만 기다려."

엘피네는 냉장고의 문을 열면서…….

"〈성검학원〉의 〈관리국〉에서 아까 출현한 대형 〈보이드〉의 정보 분석 의뢰가 들어왔는데, 기록 영상이 없어. 〈보이드〉가 뿜은 강력한 EMP 버라지(고밀도 마력 파동)로, 그 일대의 마도 기기가 전부 망가진 것 같거든."

"그런가요……."

레오니스는 시선을 피하듯 고개를 돌렸다.

"으음, 레기나 씨와 사쿠야 씨는요?"

"레기나는 세리아를 데리러 갔어. 사쿠야는 아직도 연락이 안

닿아.”

“사쿠야 씨는 기본적으로 연락이 안 되는군요.”

“맞아. 변덕스러운 고양이 같은 애니까, 걱정은 안 하지만 말이야.”

엘피네는 쓴웃음을 머금으면서 어깨를 으쓱했다.

그 변덕스러운 고양이는 지금쯤 레오니스의 수하인 〈낭마중〉과 함께 행동하고 있을 것이다.

“일단 저도 연락해 볼까요.”

바로 그때――.

“레오――.”

엘피네가 중요한 이야기를 하려는 듯이 입을 열었다.

“……?”

레오니스는 단말을 조작하던 손을 멈추면서 고개를 들었다.

“무슨 일이죠?”

“저기… 말이야. 레오에게, 부탁이 있어.”

“부탁……?”

엘피네는 고개를 끄덕이더니, 레오니스의 옆에 앉았다.

윤기 넘치는 흑발이 레오니스의 어깨에 늘어뜨려졌다.

“에, 엘피네 선배?”

레오니스는 무심코 가슴이 뛰었다.

――바로 그때, 그녀는 낮은 목소리로 속삭이듯 말했다.

“〈샹그릴라 리조트〉의 카지노에, 내 〈고양이〉를 데려가 줬으면 해.”

"고양이를, 말인가요……?"
레오니스는 작은 목소리로 되물었다.
"응. 내 고양이. 〈캐트 시〉야."
엘피네는 기동된 단말 화면을 보여줬다.
그 화면에 검은 고양이 한 마리가 나타나더니, 빙글빙글 돌아다니기 시작했다.
"이건 혹시 〈아티피셜 엘리멘탈〉인가요?"
"맞아. 내가 만든 거야. 〈애스트럴 가든〉 안에서만 활동하는 정령이지. 나 대신 네트워크에 잠입해서, 정보를 잡아 와."
엘피네는 별것 아니라는 투로 그렇게 말했다.
〈애스트럴 가든〉이란, 마력 소자의 네트워크로 구축된 가상공간상의 〈전술도시〉라고 한다.
솔직히 말해, 레오니스는 〈애스트럴 가든〉에 관해서는 잘 알지 못했다.
예전에 흥미가 생겨서 조사해 본 적이 있지만, 거기에 쓰인 마도 기술은 1000년 전의 것과 근본적으로 달랐다.
"그런데 왜 카지노에, 이 〈고양이〉를……?"
레오니스가 묻자, 엘피네는 손가락 끝으로 화면의 〈캐트 시〉를 치운 뒤에 〈샹그릴라 리조트〉의 에어리어 조감도를 표시했다.
"카지노에는 숨겨진 면이 존재해. 귀족들이 밀담을 나누거나, 부정한 돈을 세탁한 흔적이 있어. 어쩌면 〈마검계획〉과 연관된 정보를 입수할 수 있을지도 몰라."

"그렇군요……."

고대의 세계에서도 귀족들이 모이는 도박장은 어둠의 사교장이었다.

레오니스가 아직 인간 견습 기사였던 시절, 스승인 샤다르크와 단둘이 그런 장소에 쳐들어가서 음모를 깨부순 적이 있다.

"하지만 〈샹그릴라 리조트〉의 카지노는 〈애스트럴 가든〉에서 독립되어 있으니까, 외부에서는 간단히 침입할 수 없어."

"그렇군요. 그래서 이 〈고양이〉가 쓰이는 건가요."

"응. 〈캐트 시〉를 카지노의 마도 기기에 직접 침입시킨다면, 뒷일은 〈아이 오브 더 위치〉로 연결해서 어찌어찌할 수 있을 거야. 사실은 내가 가야만 하겠지만——."

"엘피네 선배가 그런 장소에 가면 의심받을 테니까요."

하다 못한 말을 레오니스가 이어받아서 하자, 엘피네는 고개를 끄덕였다.

"레오, 부탁해도 될까?"

엘피네는 진지한 표정으로 레오니스를 응시했다.

"알았어요. 다름 아닌 엘피네 선배의 부탁이니까요."

엘피네에게는 몇 번이나 빚을 졌다.

이제까지 레오니스가 〈마왕〉의 힘을 발휘하는 영상을 봤을 테지만, 그것을 〈성검학원〉에 제출하지 않으며 못 본 척 넘어가 주고 있다.

(게다가 나도 〈마검〉의 정보를 파악해 두고 싶거든.)

"——고마워, 레오."

"아뇨."

정중히 고개를 숙인 엘피네에게, 레오니스는 고개를 저으며 그렇게 말했다.

"그런데 제가 어떻게 하면 될까요?"

"지금 〈고양이〉를 건네줄게."

엘피네가 단말을 조작했다.

그러자 화면에서 〈캐트 시〉가 사라지더니, 레오니스의 단말에 출현했다.

"카지노의 마도 기기 근처에서 단말을 기동시키면, 수십 분 걸려서 침입해 줄 거야. 단말은 게이트에서 회수되니까, 몰래 가지고 들어가 줬으면 해."

"알겠어요. 그런데——."

레오니스는 신경 쓰이는 점을 물었다.

"카지노에 어린애가 들어가도 괜찮나요?"

"〈성검학원〉의 개인 인증 카드가 있으면 문제없어."

"그렇군요. 그러고 보니 사쿠야 씨도 도박을 했죠."

"그건 학생 간의 위법 도박이야."

"그, 그런가요……."

너무 캐묻지 않는 게 좋을 것 같다.

◆

방으로 돌아간 레오니스는 침대에 앉아서 셜리를 불렀다.

"——부르셨습니까, 마왕님."

침대에서 뻗어 나온 그림자에서 셜리가 나타났다.

"베이라는 얌전히 있느냐?"

"네. 브라커스 님이 감시하고 계십니다."

"그래. 그런데 좀 부탁할 게 있다."

"뭐든 명해 주십시오, 마왕님."

셜리는 치맛자락을 살짝 들어올리면서 공손히 고개를 숙였다.

"이 리조트의 카지노에 먼저 잠입해 줬으면 한다."

"알겠습니다. 누구를 암살할까요?"

"아니, 암살이 아니라 귀족 손님의 대화를 기록해다오."

"알겠습니다."

"——아, 기다려라. 이걸 가지고 가도록."

그대로 그림자 속으로 사라지려 하는 셜리를, 레오니스가 불러세웠다.

침대 옆의 테이블 위에 놓여 있던 도넛 상자를 건넸다.

"……?"

"저기, 뭐냐……. 레스토랑 정보가 도움이 됐다. 그 상이지."

"가, 감사합니다, 마왕님! 과분한 영광이옵니다."

"아니다. 앞으로도 〈마왕군〉을 잘 부탁하마."

"마, 맡겨만 주시길——!"

셜리는 도넛 상자를 양손으로 안아 들더니, 그대로 그림자 안에 가라앉듯 사라졌다.

"휴우……."

레오니스는 신발을 벗더니, 침대 위에 앉았다.

셜리에게 〈캐트 시〉를 맡길 생각도 했지만, 레오니스도 이 시대의 카지노에 조금 흥미가 있기에 자기도 잠입하기로 했다.

카지노는 해가 지고 나서 개장한다. 시간은 더 있을 듯하다.

천장을 올려다보며 생각하고 있는 건, 베이라가 이야기한 〈해왕〉이다.

(함부로 싸움을 거는 자식은 아니었는데 말이야.)

감정을 거의 드러내지 않고 무슨 생각을 하는 건지 모르는 〈마왕〉이지만, 적어도 〈용왕〉이나 〈수마왕〉, 〈귀신왕〉처럼 〈마왕군〉과 싸우려 들 만큼 혈기 왕성한 타입은 아니었다.

(뭐, 다른 마왕과 지배 영역이 맞닿지 않아서겠지만…….)

레오니스와의 관계는 양호했으며, 한때는 동맹군을 형성한 적도 있다.

(역시 신경 쓰이는 점은 베이라의 정신을 지배하려고 한 존재로군——.)

불완전하다고는 해도, 베이라를 그런 상태로 만들 수 있는 존재는 한정되어 있다.

이 세상에서 암약하고 있는 〈마왕군〉 참모, 네파케스 레이저드.

〈폐도〉에서 상대했을 때는 적어도 제3계위 마술을 쓸 수 있는 것 같던데——.

(그딴 사제에게 그만한 힘이 있을 리가 없지…….)

〈마왕〉을 지배할 수 있는 존재라면——.

(로제리아, 인가.)

레오니스는 마음속으로 그 이름을 중얼거렸다.

만약 그 전생체가 어딘가에서 이미 각성했다면——.

(——아니, 그녀일 리가 없어.)

부정하듯, 고개를 저었다.

그녀는 베이라를 강제로 지배하려고 하지 않을 것이다.

(아무튼, 확인할 필요가 있겠군.)

——〈아주르 포트〉가 가라앉아 있는 해역은 이 대륙에서 꽤 떨어진 장소에 있다.

〈스컬 드래곤〉을 타고 가더라도, 10일 넘게 걸릴 것이다.

“그랬다간 〈성검검무제〉에 맞출 수 없겠지.”

“뭐에 맞출 수 없는 건데?”

“〈성검검무제〉다. 스컬 드래곤의 비행 속도는 별로 빠르지……—— 어?”

레오니스는 의아한 표정으로 등 뒤를 돌아보았다.

——그리고…….

“아니……?!”

말문이 막히고 말았다.

시야에 들어온 것은——.

불꽃을 연상케 하는 진홍색 머리카락. 흉포한 빛을 뿜고 있는, 황금색 눈동자.

침대 위에, 베이라 드래곤로드가 당당히 서 있었다.

“베이라! 어느새……?!”

레오니스는 허둥지둥 거리를 벌려 벽에 기댔다.

"마, 말도 안 돼! 〈라그바 졸〉에서 풀려난 것이냐?"

"흥, 그딴 쇠사슬은 용의 이빨로 물어뜯어서 끊어줬어! 이 나를 묶으려고 하다니, 1000년은 이르거든?!"

베이라는 흉포한 미소를 띠며 날카로운 이빨을 드러냈다.

"브, 브라커스는 어떻게 했지?!"

"그 개라면 네 쇠사슬로 묶어서 처박아놨어."

"뭐, 뭐라고……."

레오니스는 브라커스에게 염화(念話)를 보냈다.

〈끄으, 응…… 미안하다, 매그너스 공——.〉

그러자 브라커스의 신음 섞인 목소리가 머릿속에서 들려왔다.

"이 자식, 감히 내 친구에게 그딴 짓을 하다니……!"

레오니스는 베이라를 노려봤다.

"브라커스는 〈렐름 오브 섀도〉의 왕자란 말이다!"

"그게 어쨌는데? 나는 드래곤의 왕이거든?"

거만한 말투로 그렇게 말한 베이라는 창밖을 쳐다봤다.

"흐응. 여기가 인류 최대의 도시구나."

"그래. 〈보이드〉에 대항하는, 인류의 최종 방위 거점이다."

그렇게 대답한 레오니스는 천천히 자리에서 일어났다.

"저 근처는 아직 미완성인가 보네."

"아까 네가 날뛴 장소라서 말이지."

"그, 그건…… 저기, 미안해."

레오니스가 지적하자, 베이라는 멋쩍은 듯이 시선을 돌렸다.

"호오, 드래곤의 어휘에 미안하다는 말이 있을 줄이야."

"너, 시비 거는 거야?"

베이라의 진홍색 머리카락이 불꽃처럼 타오르기 시작했다.

"흥. 조금은 회복한 것 같다만, 아직 완전히 원래대로 되돌아온 것은 아닐 테지. 브라커스의 원수인 너를 다시 〈렐름 오브 섀도〉에 가둬주마!"

레오니스는 어둠의 마력을 두르면서 〈봉죄의 마장〉을 소환했다.

호텔의 한 방에서, 고대의 〈마왕 대전〉이 재현되려던 바로 그때였다.

"레오, 있어……?"

——느닷없이, 방문이 열렸다.

"……어."

침대 위에서 대치하고 있는 두 〈마왕〉의 모습을 본 순간…….

리세리아는 문손잡이를 잡은 채, 그대로 굳어 버렸다.

◆

"으~. 네, 네가 왜 여기 있는 거야?!"

리세리아는 날카로운 눈길로 베이라를 노려보더니, 검지로 그녀를 가리키며 그렇게 외쳤다.

"세, 세리아 씨……."

……그녀가 베이라를 보는 건 처음이 아니다.

예전에 풀장에서 워터 슈팅 대결을 한 적이 있다.

그 승부는 〈마검〉의 폭주 사건이 벌어지면서 흐지부지 끝나고 말았지만…….

"아, 그때 그──."

리세리아의 날카로운 시선을 개의치 않으면서, 베이라는 재미있다는 듯이 그렇게 중얼거렸다.

"레오의 권속 계집이구나."

"뭐……?!"

리세리아는 눈을 치켜떴다.

비밀로 해온 권속이란 단어가 상대방의 입에서 나온 탓에 놀란 것이리라.

"레오, 저 애는── 정체가, 뭐야?"

"으음……."

말문이 막힌 레오니스는 말끝을 흐렸다.

설마 아까 날뛴 그 드래곤이라고 말할 수는 없으니까.

──바로 그때, 베이라는 침대 위에서 내려오더니…….

"나는 베이라. 레오의── 권속이야."

느닷없이, 당치도 않은 말을 입에 담았다.

"뭐……?"

리세리아의 표정이 얼어붙었다.

"레오의…… 권……속?"

"이 자식, 갑자기 무슨 소리를──!"

레오니스가 허둥지둥 입을 열었지만…….

"흐음……. 그럼, 괜찮겠어?"

뒤를 돌아본 베이라는 가학적인 미소를 머금으며 작은 목소리로 말했다.

"뭐?"

"내가 레오와 마찬가지로 〈마왕〉이라는 걸, 저 애에게 이야기해도 말이야."

"큭……."

그 말이 나오자, 레오니스는 입을 다물 수밖에 없었다.

"거, 거짓말……. 레오의 권속은, 나……인 걸."

리세리아는 기어 들어가는 목소리로 그렇게 말했다.

——하지만…….

"흐음, 같은 권속인 거네. 하지만——."

베이라는 여유로운 미소를 머금더니…….

"나와 레오는 옛날부터 함께 지냈어."

"으, 그, 그건——."

리세리아가 반박하려 하자…….

"진짜야. 레오와는 서로에게 등을 맡기며 함께 싸운 적이 몇 번이나 있다니깐."

그 말은, 거짓말이 아니다.

〈불사자의 마왕〉과 〈용왕〉은 몇 번이나 힘을 합쳐 신들이나 〈육영웅〉과 싸웠다.

"알몸도 보여준 적 있는 사이거든?"

"뭐……?!"

리세리아는 너무 놀란 나머지 눈을 크게 떴다.

그것도 거짓말이 아니다.

드래곤 형태일 때는 당연히 옷을 입지 않으니까.

"베이라! 너, 즐기는 거지?!"

레오니스가 작은 목소리로 항의했지만——.

"나, 나도 레오와 같이 목욕한 적 있어!"

"뭐, 정말이야?"

베이라는 레오니스를 돌아보며 노려봤다.

"매, 매일은, 아니야……."

레오니스는 멋쩍은 듯이 눈길을 돌렸다.

그러자 리세리아는 뭔가를 결심한 것처럼 방 안으로 발을 들이더니…….

"레오, 진짜야? 저, 사람이…… 레오의 권속이라는 게——."

레오니스의 눈을 똑바로 바라보며 물었다.

"그게……."

레오니스는 한순간 머뭇거리듯 입을 다문 후, 천천히 고개를 끄덕였다.

"진짜, 예요……."

"……!"

"레오는 호위를 맡기려고, 나를 소환했어."

베이라는 흐흥, 하고 웃으며 가슴을 폈다.

"호위……."

아이스블루 빛깔을 띤 리세리아의 눈에 눈물이 맺혔다.

"어…… 세, 세리아 씨?!"

평소에는 절대로 보여주지 않는 리세리아의 눈물을 본 레오니스는 당혹스러워했다.

"나는, 레오를 지켜줄 수…… 없으니까……."

"그, 그렇지 않아요!"

레오니스는 허둥지둥 부정했다.

"맞, 아……. 아까, 드래곤이 날뛸 때도, 나는, 아무것도 못했으니까——."

"세리아 씨, 그건——."

확실히 그때, 레오니스는 리세리아를 데려가지 않았다.

짐짝이 된다고 생각한 것은 아니지만, 안전한 곳에 있어 주기를 바란 것도 사실이다. 그 점이, 리세리아에게 상처를 준 것일지도 모른다.

그런 두 사람을 쳐다보고 있던 베이라가…….

"흐음~. 꽤 과보호하네."

재미없다는 투로 그렇게 중얼거렸다.

"음?"

레오니스가 한마디 하려던 바로 그때였다.

침대에 던져둔 단말에서, 착신음이 들려왔다.

『……오, 레오——.』

들려온 것은 엘피네의 목소리였다.

"엘피네 선배?"

『레오, 곧 카지노가 열릴 거야.』

"알았어요……."
레오니스는 단말을 손에 쥐며 고개를 끄덕였다.
"레오, 카지노라니?"
리세리아는 고개를 갸웃거리며 물었다.
"아, 엘피네 선배에게 뭘 좀 부탁받았거든요."
"피네 선배가?"
"네. 예의 〈마검계획〉과 관련된 일로, 피렛의 시설에 잠입을——."
작은 목소리로 거기까지 말해주자, 총명한 리세리아는 상황을 바로 이해했다.
"나도 갈래."
"어, 하지만——."
"레오 혼자 가는 것보다, 보호자가 있는 게 덜 의심받을걸?"
"그건, 그래요……."
열 살 어린애가 혼자서 카지노에 가는 것보다는 설득력이 있을 것이다.
(게다가 이번에는 그렇게 위험한 일도 아니지.)
만일 문제가 발생하더라도 지켜줄 수 있을 것이다.
"알았어요. 같이 가죠."
"응, 맡겨만 줘!"
레오니스가 고개를 끄덕이자, 리세리아는 기쁜 듯한 목소리로 답했다.
바로 그때——.

“흐음, 재미있을 것 같네. 나도 따라갈래♪”

베이라는 흥미에 찬 표정으로 그런 말을 입에 담았다.

“따라오지 마라. 네가 얽히면 일이 틀어진다.”

“뭐…… 너, 나를 뭐로 보고 그런 소리를 하는 거야?!”

“자기 가슴에 손을 얹어봐라. 그리고 〈해왕〉에게 복수하는 건 어쩔 거지?”

“아, 아직 몸이 완전히 회복되지 않았어.”

베이라는 고개를 휙 돌렸다.

“두 사람, 참 사이가 좋아 보이네…….”

리세리아는 삐친 듯한 투로 그렇게 중얼거렸다.

(일이 성가셔졌는걸…….)

레오니스는 마음속으로 낮은 신음을 흘렸다.

어차피 베이라는 멋대로 따라올 게 뻔하다.

내버려두고 갔다간, 나중에 돌아왔을 때 이 호텔이 소멸했을 가능성도 있다.

(데려가서, 날뛰지 못하게 감시하는 편이 낫나.)

그렇게 결론을 내린 레오니스는 한숨을 쉬며 말했다.

“잘 들어라. 눈에 띄는 짓을 하지 마라. 건물을 부수지 마라. 알았지?”

“노력해 볼게.”

◆

이 별의 바다에는 〈허무영역〉으로 불리는, 〈보이드〉의 거대 콜로니가 존재한다.

함선은 물론이고 〈하이브〉 섬멸에 특화된 강습형 〈전술도시〉 조차도 그 해역을 우회할 수밖에 없는, 그런 구역이다.

항상 〈보이드〉가 발생하는 이유는 아직 해명되지 않았지만, 〈보이드 로드〉에 의한 〈스탬피드〉 중 다수는 이 〈허무영역〉이 발생 원인으로 여겨지고 있다.

허공의 균열에서 출현하는, 무수한 〈보이드〉 무리.

그 무리를―― 바다가 집어삼키고 있다.

해수면에서 거대한 촉수가 튀어나온 바다가, 허무의 짐승들을 먹어 치우고 있었다.

해양생물의 특징을 지닌 기괴한 괴물들이, 갈가리 찢겨 나가면서 소멸했다.

마치 허무에 더럽혀진 바다가, 그 분노를 퍼붓는 것만 같았다.

그런 살아있는 바다의 중심에, 한 소녀가 있었다.

〈해왕〉―― 리바이즈 딥 씨.

자수정색 머리의 소녀가 눈앞의 처참한 광경에 눈썹 하나 까딱하지 않으며, 앞을 바라보고 있었다.

『――〈해왕〉의 정신 지배가 풀린 것 같군.』

중년 남성의 차분한 목소리가 주위에 울려 퍼졌다.

"――안 쫓는 거야?"

『아니, 장소는 파악했다. 인류 최후의 거점―― 〈제도〉지.』

"왜 그런 장소에 간 건데?"

『알 수 없다. 이해할 수 없는 행동을 보이는군.』

"……그래. 알았어."

소녀는 그렇게 말하며 고개를 끄덕였다.

"그러면, 이대로 나아가겠어——."

〈해왕〉이, 앞으로 손을 내밀었다.

시꺼먼 바다에 거대한 소용돌이가 생겨나더니, 〈허무영역〉째로 〈보이드〉를 집어삼켰다.

제7장 카지노 미션

Demon's Sword Master of Excalibur School

지평선 아래로 해가 가라앉자, 하늘에서 별이 반짝이기 시작했다.

먼 옛날부터, 밤은 언데드의 시간이었다.

묘지에서 깨어난 시체가 마을을 배회하고, 전장에서는 스켈레톤 집단이 무기를 휘두른다.

하지만 인류는 밤의 공포를 극복했고, 찬란히 빛나는 마력광으로 어둠을 몰아냈다.

〈샹그릴라 리조트〉의 환락가는 호텔에서 약간 떨어진 곳에 있는 섬에 위치했다.

화려한 빛을 뿜고 있는 각양각색의 마력광이 거대한 수영장의 수면에 반사되고 있다.

해가 진 후에 개방되는 이 구역은 낮보다 더 활기찼다.

"레, 레오. 이런 장소에 와도 되는 거야?"

리세리아는 불안한 듯이 레오니스의 손을 잡더니, 주위를 둘러봤다.

상류층 아가씨로 자라고 성실한 리세리아는 이런 장소에 처음 와 본 눈치다.

물론 레오니스도 처음이지만, 이런 분위기의 장소는 알고 있다.

(환락가의 분위기는 어디나 별 차이 없군.)

부귀영화를 누리던 〈로그너스 왕국〉의 수도에도 환락가가 존재했다.

허식으로 가득한 이 눈부신 빛의 이면에는, 헤어나올 수 없는 수렁 같은 어둠이 존재한다.

무수한 빛이 향하고 있는 곳에는, 스스로도 빛을 뿜고 있는 거대한 빌딩이 있었다.

——카지노 피렛 보마크트.

초대 피렛 백작가의 이름이 붙은 이 22층 빌딩은 18층까지 전부 카지노 홀이라고 한다.

"봐, 정말 예쁘네. 마음에 들어."

빌딩을 올려다본 베이라가 눈을 반짝이며 두 손을 들었다.

베이라는 흰색 캐미솔에 짧은 쇼트 팬츠 차림이다. 예전에 레오니스가 〈세븐스 어설트 가든〉의 상업 시설에서 사 준, 외출용 의복이다.

"그래? 내 취향은 아니다만……."

레오니스는 미간을 찌푸리며 그렇게 답했다.

육체는 인간이지만 마음은 불사자인 레오니스는 저 빛이 눈에 거슬릴 뿐이었다.

차분하고 조용한 〈네크로조아〉의 지하 영묘가 낫다고 생각하는데…….

(하긴, 드래곤들은 반짝이는 걸 좋아하니까 말이지.)

드래곤 중 대다수는 쓸 데도 없으면서 자기 던전에 보물을 모아두는 법이다.

"저기, 레오——."

——바로 그때, 리세리아가 입을 열었다.

"네?"

"이 사람의 신분증은 어떻게 하지?"

"신분증?"

베이라는 두 사람을 돌아보며 고개를 갸웃거렸다.

"신분증이 없으면 수위가 게이트를 통과시켜 주지 않을 거야."

"아, 그건 어떻게든 돼."

"어떻게든 된다니……."

리세리아는 어처구니없다는 듯이 입을 다물더니…….

"레오. 혹시 권속에게 〈매료〉의 마술을 안 가르쳐 준 거야?"

베이라는 눈썹을 찌푸리며 물었다.

"으음, 뭐……."

레오니스는 내키지 않는 투로 대답했다.

"〈매료〉는 꽤 고도의 마술이거든. 아직 일러."

——레오니스는 그렇게 대답했지만, 절반은 거짓말이다.

비교적 고도의 마술인 건 사실이지만, 마술의 유용성과 〈뱀파이어 퀸〉의 적성을 생각하면 가장 먼저 가르쳐도 이상할 게 없다.

그렇다면 왜 〈매료〉의 마술을 가르쳐 주지 않은 것인가?

그것은 레오니스 자신도 이해하지 못하는 감정 탓이다.

리세리아가 다른 사람을 〈매료〉하는 게 왠지 싫었다.

(그저, 내 억지에 지나지 않지만——.)

잠시 그런 생각에 잠겨 있을 때였다.

“흐응~ 그렇구나. 그럼 내가 미숙한 권속에게 시범을 보여줘야겠는걸?”

베이라는 리세리아를 돌아보면서 흐흥 하고 웃음을 흘렸다.

“시범?”

“뭐, 보기나 해.”

◆

——〈카지노 피렛 보마크트〉의 빌딩 앞에 도착했다.

화려한 마력등의 빛 탓에 눈이 부셨다.

“〈섈로 그레이브〉—— 이제부터, 임무를 개시하겠습니다.”

레오니스는 통신 단말을 향해 작은 목소리로 그렇게 말했다.

〈섈로 그레이브(너무 얕은 무덤)〉는 〈불사자의 마왕〉이 정체를 숨기고 적지에 잠입할 때 쓰던 코드네임이다. 참고로 브라커스의 코드네임은 〈클리핑 셰이드(몰래 다가오는 그림자)〉다.

『섈로? ……응, 조심해.』

단말 너머의 엘피네가 약간 당혹스러운 듯한 목소리로 그렇게 말했다.

“레, 레오…… 나, 난, 이런 장소에 처음 들어가는데…….”

"괜찮아요."

레오니스는 긴장한 리세리아의 손을 꼭 움켜쥐었다.

로비를 빠져나간 그들은 입장 게이트 앞에서 〈성검학원〉의 학생증을 꺼내 보였다.

턱시도 차림의 스태프가 카드에 마도 기기를 대며 확인했다.

"레오니스 매그너스 님, 문제없습니다."

스태프는 공손히 고개를 숙였다.

"통신 단말은 저희에게 맡겨야 합니다. 괜찮으신지요."

"네, 자요."

레오니스는 엘피네가 준비한 가짜 단말을 건넸다.

〈캐트 시〉가 들어 있는 단말은 〈그림자의 영역〉에 넣어뒀다.

"다른 아가씨께서도――."

"아, 네!"

리세리아도 통신 단말을 맡겼다.

"저기, 저분은――."

이번에는 베이라의 신분증을 체크하려 했지만…….

"――통과시켜 줘. 이건 왕의 명령이야."

키이이이이이이이이잉――.

베이라의 황금색 눈동자가 빛나더니, 불꽃이 어린 루비색으로 변했다.

"네―― 알겠, 습……니다. 들어가시죠――."

"어어엇!"

리세리아는 깜짝 놀랐다.

"호들갑이 심하네. 이 정도는 〈뱀파이어 퀸〉한테 간단한 일이거든?"

"너무 눈에 띄는 짓은 피해주면 좋겠는데 말이다."

레오니스는 한숨을 쉬면서 베이라에게 그렇게 말했다.

엘리베이터를 타고 3층으로 올라간 일행은 시끌벅적하기 그지없는 홀에 들어섰다.

호화찬란한 샹들리에 아래에서, 수많은 귀족이 도박을 즐기고 있었다.

테이블 사이를 버니걸 차림의 미녀들이 쟁반을 손에 든 채 돌아다니고 있었다.

"으~. 우와아. 여기는 어른의 세계 같은데……."

버니걸 차림의 미녀들을 본 리세리아가 양손으로 얼굴을 감쌌다.

"아뇨. 〈성등제〉 때의 세리아 씨가 더 엄청났다고 생각해요."

"바, 바보야. 무슨 소리를 하는 거야?!"

레오니스가 여장을 당했던 것을 복수할 생각으로 그런 심술궂은 소리를 하자, 리세리아가 어깨를 때려댔다.

카운터에서 카드를 건넨 그들은 크레디트를 카지노 코인으로 환전했다.

레오니스는 카지노 코인의 절반을 베이라에게 주며 말했다.

"이거로 마음껏 놀아라. 단, 절대로 사고를 치지는 마라."

"한 개면 충분해."

베이라는 코인 한 개를 손가락으로 튕겼다.

그리고 빙글 뒤돌아선 베이라는 손을 흔들면서 사람들 사이로 사라졌다.

"……——."

그 뒷모습을, 리세리아는 고민이 있는 듯한 눈길로 지그시 응시했다.

"으음. 저는 임무를 수행할 건데, 세리아 씨는 어쩔래요?"

"으음, 글쎄……."

리세리아는 입술에 손가락을 대더니——.

잠시 고민에 잠기는 듯한 표정을 지은 후, 뭔가를 결의한 것처럼 고개를 끄덕였다.

"레오——."

리세리아는 무릎을 굽히더니, 레오니스와 눈높이를 맞췄다.

베이라에 관해 물으려는 것이다, 하고 레오니스는 예측했다.

진짜로 레오니스의 권속인지를——.

(어떻게 한다.)

오해를 풀고 싶기는 하지만, 베이라가 〈마왕〉이라는 것을 밝힐 수는 없다. 그 정체를 밝힌다면, 필연적으로 레오니스가 〈마왕〉이라는 사실도 알게 된다.

——하지만, 리세리아가 입에 담은 것은 뜻밖의 말이었다.

"레오한테 비밀이 많다는 건 알아. 하지만, 그건 됐어. 레오가 말해주고 싶어지면, 그때 해줘. 그러니까——."

그녀는 작은 목소리로 속삭였다.

"조금만 더, 나를 의지해 주면 좋겠어."

투명한 아이스블루 빛깔을 띤 눈이 안타까운 듯이 흔들렸다.
(의지, 라.)
그것은 리세리아의 내면에 응어리처럼 계속 존재했으리라.
――과보호한다는 베이라의 말이 머릿속에 떠올랐다.
과보호한다는 것은 신뢰하지 않는다는 의미일지도 모른다.
"알았어요. 그러면 이제부터 세리아 씨에게 의지할게요."
레오니스가 그렇게 말하자…….
리세리아는 미소를 머금으며 고개를 끄덕였다.
그리고 몸을 일으키더니, 빙글 돌아섰다.
눈부신 백은색 머리카락이 그에 맞춰 휘날렸다.
"세리아 씨, 어디 가는 거예요?"
"――결투하고 올게."
"네?"
리세리아는 뒤를 돌아보며 미소 짓더니, 홀의 인파 사이를 곧장 나아갔다.
"저기, 세리아 씨?!"
그 뒤를 쫓으려던 레오니스는 멈춰 섰다.
(이것도, 과보호일지 몰라.)
어깨를 으쓱한 레오니스는 그녀의 뒷모습이 시야에서 사라질 때까지 쳐다봤다.
(――자아, 나는 엘피네 선배의 임무를 수행하도록 할까.)
레오니스는 테이블 사이를 걷기 시작했다.
카지노에 접속된 마도 기기 근처에서 단말을 켜면 〈캐트 시〉

가 자동으로 네트워크에 잠입한다지만, 여기에는 마도 기기가 없는 것 같았다.

(그러고 보니 〈슬롯머신〉이라는 게 있는 것 같긴 한데…….)

인파를 헤치며 주위를 둘러보고 있을 때였다.

"얘야, 주스 마실래?"

음료가 놓인 쟁반을 들고 있는 버니걸 차림의 미녀가 말을 걸어왔다.

"아뇨, 괜찮아요."

"그래. 교복을 보아하니 〈성검학원〉에서 온 것 같네?"

"네, 뭐……."

"그렇구나. 재미있게 놀다 가렴♪"

무뚝뚝하게 대꾸하는 레오니스를 향해 그렇게 말한 미녀는 다른 손님에게 다가갔다.

(불경하군. 감히 〈마왕〉인 나에게 함부로 말을 걸다니…….)

바로 그때——.

"저기……."

"——주스라면 됐어요!"

또 누군가가 말을 걸어서, 레오니스는 짜증을 내며 돌아보는데…….

"소, 솟, 송구합니다, 마왕…… 손님!"

"아니…… 셜리?!"

상대는 간단한 음식이 놓인 쟁반을 들고 있는 셜리였다.

하지만 복장은 평소의 메이드복이 아니었다.

토끼 귀 머리띠와 복슬복슬한 꼬리, 그리고 망사 타이츠로 구성된 바니 차림을 하고 있었다.

황혼색의 눈동자가, 진짜 토끼를 연상케 했다.

"……어, 셜리. 오, 옷차림이 왜 이런 것이냐?"

깜짝 놀란 레오니스가 작은 목소리로 묻자…….

"마, 마왕님께서 잠입을 명하셔서, 이 안에서 위화감이 없는 복장을 한 건데요!"

셜리는 입술을 삐죽 내밀더니, 부끄러운 듯이 웅얼웅얼 그렇게 말했다.

"그, 그래. 확실히 메이드복은 눈길을 너무 끌긴 하지."

어험, 하고 헛기침을 한 레오니스는 쟁반에 놓인 샌드위치를 손에 들었다.

그리고 그것을 먹으면서 홀 가장자리로 이동했다.

"뭔가 알아낸 것이 있느냐?"

"네. 14층에 특정 귀족이 이용하는, 숨겨진 방이 있는 것 같습니다."

"흠, 그래. 역시 평범한 카지노는 아닌 건가."

"그런 것 같아요…… 오물, 오물."

셜리는 샌드위치를 먹으면서 대답했다.

"셜리, 이 음식은 네가 먹으면 안 될 것 같은데 말이지."

"오물…… 안 되나요?"

"뭐, 됐다. 그것보다, 마도 기기가 쓰이는 층은 몇 층이지?"

"4층과 5층, 7층이에요. 도박의 종류는 다르지만, 같은 〈아티

피셜 엘리멘탈〉을 제어에 이용하고 있는 것 같아요."

"그래. 그럼 나는 위층으로 올라가겠다. 조사를 속행하도록."

"네——."

레오니스가 지시를 내리자, 버니 셜리는 소리 없이 그대로 이 자리를 벗어났다.

◆

(여기, 일까?)

7층에서 엘리베이터를 내린 리세리아는 그 사람을 찾았다.

인테리어가 호화롭고 현란한 2층 홀과 달리, 이곳은 세련된 바를 연상케 했다.

조명은 꽤 어둑어둑한 편이지만, 〈흡혈귀〉의 눈을 지닌 리세리아에게는 아무 문제가 없었다.

살짝 발돋움하면서 주위를 두리번거렸다.

그 미모와 활활 타오르는 듯한 진홍색 머리는 눈에 띌 것이다.

바로 그때, 안쪽 테이블에 모여 있는 인파가 눈에 들어왔다. 그 중심에는——.

찾았다.

룰렛 게임 테이블이다.

진홍색 머리카락을 지닌 소녀가 테이블에서 잔을 기울이며 게임을 즐기고 있었다.

그 앞에는 산더미처럼 쌓인 코인의 산이 세 개나 있었다.

질려 있는 딜러의 얼굴 또한 눈에 들어왔다.

(코인, 하나뿐이었는데…….)

리세리아는 숨을 삼키더니, 용기를 쥐어짜 그 테이블에 다가갔다.

——그리고 우연히 뒤돌아본 베이라와 눈이 마주쳤다.

"아……."

날카로운 안광을 본 리세리아는 그 자리에서 굳어버렸다.

모처럼 짜낸 용기가 그대로 꺾일 것만 같다.

하지만 베이라는 리세리아를 발견하더니, 훗 하고 웃음을 흘렸다.

그리고 이리로 오라는 듯이 손짓했다.

리세리아는 주먹을 꼭 말아쥐고, 결의를 다지며 걸음을 내디뎠다.

테이블 앞으로 가자, 베이라가 자기 옆자리를 권했다.

"——여기 앉아. 권속 계집."

"리세리아야."

상대의 황금색 눈동자를 주시하면서, 리세리아는 자기 이름을 밝혔다.

"리세리아 레이 크리스타리아. 레오의 보호자야."

"그래서 세리아——였구나."

베이라는 레오니스와 같은 호칭으로 리세리아를 불렀다.

"나는 베이라. 이 이름을 아는 사람도 이제는 없지만 말이야."

"……."

리세리아가 옆자리에 앉자, 베이라는 웨이터를 불렀다.
“이 애에게 블러디 로즈 칵테일을 부탁해.”
“윽, 아, 안 돼! 나는 아직 열다섯 살이니까…….”
리세리아는 허둥지둥 고개를 저었다.
〈언데드〉인 리세리아는 술에 취할 일이 없지만, 학교의 교칙으로 음주가 금지되어 있었다.
“그래? 보호자라는 것치고는 아직 애네.”
“너야말로, 나랑 나이가 비슷하지 않아?”
리세리아와 비슷한 또래거나, 많아도 한두 살 위일 것이다.
“겉모습이라는 건 의외로 믿을 게 못 되는 법이거든.”
요사한 미소를 머금은 베이라가 술잔을 비웠다.
“토마토 주스를 줘.”
주문을 마친 베이라는 황금색 눈동자를 반짝이며 리세리아의 얼굴을 쳐다봤다.
“그래서? 나한테 무슨 볼일이라도 있어?”
“아…… 맞아――.”
리세리아는 약간 주눅이 들면서도, 당당히 베이라를 쳐다보며 말했다.
“너와, 승부를 겨루러 왔어.”
“승부?”
베이라는 입술을 핥으면서, 재미있다는 듯이 미소를 띠었다.
“응. 그때의 결판을 내고 싶어.”
“그때?”

베이라는 잠시 고개를 갸웃거리더니…….

"아, 그래……. 그 승부, 말이구나."

생각이 난 것 같았다. 어둑어둑한 조명 아래에서, 베이라의 뺨이 희미하게 홍조를 띠었다.

워터 슈팅 승부 중에 레기나의 사격으로 수영복이 벗겨진다는 해프닝이 벌어졌고, 그 직후에 〈마검〉 사용자의 난입으로 승부는 흐지부지하게 넘어갔다.

"좋아. 그 승부, 받아주겠어."

베이라는 당당히 고개를 끄덕이더니…….

"단, 아무것도 걸지 않고 승부해도 재미없지 않겠어?"

"뭐……?"

리세리아는 눈을 살짝 치켜떴다.

베이라는 아름다운 자기 턱을 매만지면서――.

"그래. 내가 이기면 레오를 차지하겠다, 는 건 어때?"

"뭐?! 아, 안 돼! 레오를 걸자니……!"

리세리아는 눈을 치켜떴다.

"안 돼?"

"당연히 안 되지!"

"으음…… 그러면 레오의 제1권속의 자리는 어때?"

"그, 그건 또 무슨 소리야……."

"말 그대로, 레오의 제일가는 권속이라는 걸 주장할 수 있는 거야."

"그, 그건……."

"그 대신, 나는 서비스를 하나 해줄게."

베이라는 검지를 세웠다.

"만약 네가 이긴다면, 레오에 관해 네가 모르는 점을 딱 하나만 알려주겠어."

"……!"

무심코, 숨을 삼켰다.

자신이 모르는 레오니스를, 상대는 알고 있다.

"레오에 대해, 잘 아는구나──."

"물론이야. 너보다 훨씬 오래 알고 지냈거든."

베이라는 여유로운 표정으로 고개를 끄덕였다.

"……."

"자아, 어떻게 하겠어? 나는 어느 쪽이든 상관없어."

"좋아. 그 조건으로, 승부하자."

리세리아는 고개를 끄덕였다.

◆

"승부는 이거로 하자. 규칙은 알아?"

"응."

베이라는 손끝으로 테이블을 톡톡 두드렸다.

──〈휠 오브 포춘〉. 카지노에서 흔히 하는 룰렛 게임이다.

룰렛은 흰색과 빨간색으로 된 칸으로 구성되며, 각 칸에는 숫자가 배정되어 있다.

딜러가 공을 던진 후, 손님은 룰렛이 회전하는 동안에 공이 들어가는 칸을 지정하고 코인을 건다. 대략 그런 규칙인 게임으로 리세리아는 알고 있다.

"너는?"

"아까 딜러가 가르쳐 줬어."

베이라는 코인을 한 손으로 만지작거렸다.

"그럼 다음 게임으로 승부하자."

"좋아――."

고개를 끄덕인 리세리아는 룰렛을 지그시 응시했다.

딜러는 익숙한 손놀림으로 공을 던졌다.

공이 룰렛 위를 빙글빙글 돌고 있다.

(이겨야 해.)

리세리아는 기도하듯, 주먹을 꼭 말아쥐었다.

이것은, 마음의 문제다.

(――내가 싸우는 상대는, 이 사람이 아니야.)

자기 내면에 존재하는, 겁이나 열등감 같은 애매한 감정.

그런 것을 털어내기 위한 승부인 것이다.

(아냐. 마음을 얼버무려선, 승부하는 의미가 없어!)

리세리아는 마음속으로 고개를 저었다.

(분명, 나는…… 질투하고 있는 거야.)

운명의 룰렛이 돌고 있다.

리세리아는 필사적으로 주시하며, 회전하는 공을 쫓았다.

그리고――.

"흰색이야."

코인 세 개를 흰색 장소에 뒀다.

"그러면 나는 빨간색에 걸래."

딜러는 화들짝 놀라면서 베이라를 쳐다봤다.

리세리아 또한 무심코 눈을 치켜떴다.

베이라는 가지고 있는 코인 전부를 걸었다.

"자, 잠깐만! 보통 이런 승부는 여러 번 하지 않아?"

"그래? 너는 그런 승부를 하고 싶어?"

"……."

리세리아는 그 말에 답하지 못했다.

베이라의 말이 옳다.

그런 승부로 이겨도 아무 의미가 없다.

"나도, 흰색에 전부 걸겠어."

리세리아는 모든 코인을 앞으로 내밀었다.

원래부터 운을 하늘에 맡기는 승부를 하러 온 것은 아니다.

(내 모든 것을 쏟아붓지 않으면 이길 수 없어!)

어둑어둑한 조명 아래에서, 백은색 머리카락이 희미하게 빛나며 펄럭였다.

아이스블루 빛깔이었던 눈이 마력을 띠고 붉은색으로 변했다.

——그 시선을 받은 공이 서서히 가속하기 시작했다.

"아니……?!"

깜짝 놀란 딜러가 경악했다.

"그렇게, 나와야지——."

베이라의 황금색 눈동자에, 희미한 불꽃이 어렸다.

——그러자 이번에는 공의 속도가 확 느려졌다.

"으……!"

키리리리리리릭——!

두 사람의 마력이 완전히 균형을 이룬 장소에서 공이 멈췄다.

"크……윽……!"

리세리아는 이를 악물면서 마력을 더욱 쏟아부었다.

하지만 베이라는 태연한 표정으로 술잔 가장자리를 쓰다듬더니…….

"저기, 레오는 왜 너를 지배하지 않는 걸까?"

리세리아에게 말을 건넸다.

"뭐……?"

"이상하다고 생각하지 않아? 권속은 계약 각인으로 간단히 복종시킬 수 있잖아."

"그, 건——."

느닷없이 그런 질문을 받은 리세리아는 당혹스러워했다.

"완전히 자기를 따르게 해서 장기말로 부리는 게, 여러모로 편리할 거잖아?"

"레오는, 그런 짓…… 안, 해……."

장기말로 부리기는커녕, 리세리아를 지키기 위해 자기 몸을 위험에 처하게 한 적도 있다.

"그래. 그렇다면 너에게는 다른 역할을 기대하고 있는 걸지도 몰라."

"다른, 역할?"

마력을 띤 공이 불꽃을 튀기며 회전했다.

공이 빨간 칸에 들어가지 않도록 필사적으로 마력을 방출하면서, 리세리아는 물었다.

"권속은 원래 주군인 왕을 지키는 존재야. 하지만, 지금의 너에게는 그만한 힘이 없어."

"……?!"

공이 리세리아가 원치 않는 방향으로 서서히 밀려났다.

"그렇, 지는……!"

"하지만, 권속에게는 또 하나의 역할이 있어."

그 목소리는 마치 상냥하게 가르침을 내려주는 것만 같았다.

"권속은 주군에게 직언을 할 수 있는 존재야. 주군이 잘못된 길을 선택했을 때, 목숨을 걸고서라도 주군을 올바른 방향으로 이끌 의무를 지녔어. 단순히 명령에 따르기만 해선, 부하에 지나지 않잖아."

"……!"

균형을 이루고 있던 마력이 펑 소리를 내며 터져 나갔다.

공은 위쪽으로 튕겨 나가더니——.

그대로, 흰색 칸에 떨어졌다.

"내가 졌네……."

베이라는 어깨를 으쓱하더니, 산더미 같은 코인을 딜러 쪽으로 밀었다.

"약속대로, 레오에 관해 딱 하나만 말해줄게."

"……."

리세리아는 잠시 생각에 잠긴 후, 이윽고 입을 뗐다.

"그러면, 레오가 좋아하는 게 뭔지 알아?"

"그런 질문으로 괜찮겠어?"

베이라는 미간을 찌푸렸다.

"응. 알아?"

"그, 그런 걸 알 리가 없잖아."

"그러면 가르쳐 줄게."

리세리아는 미소를 머금더니…….

"레오는 햄버그와 파스타를 좋아해."

그렇게 말한 리세리아는 자리에서 일어났다.

"코인은?"

"줄게."

마지막에는, 리세리아가 이기게 되어 있었다.

누가 제일 가는 권속이든 상관없는 일인 것이다.

(진 건 나야.)

리세리아는 어깨를 으쓱했다. 완패였다.

하지만 왠지 가슴속의 응어리가 사라진 느낌이 들었다.

레오니스에 관해, 묻고 싶기는 했지만――.

언젠가 레오니스가 말해주는 날을 기다리기로 마음먹었다.

◆

“여기는 〈섈로 그레이브〉, 무사히 〈캐트 시〉를 잠입시켰어요.”

아무도 없는 비상계단에서, 레오니스는 엘피네에게 보고했다.

『고마워, 레오. 뒷일은 나한테 맡겨.』

“그럼, 저는 이만 돌아가겠어요.”

통신을 끊은 후, 레오니스는 단말을 교복 호주머니에 넣었다.

단말에는 고양이 모습을 한 〈아티피셜 엘리멘탈〉이 없다. 지금쯤 이 카지노의 네트워크에 들어가 정보를 수집하고 있을 것이다.

“간단한 미션이었는걸.”

레오니스는 그렇게 중얼거리며, 시끌벅적한 홀로 돌아갔다.

그러자――.

“아, 레오!”

레오니스를 찾아다닌 듯한 리세리아가 그를 향해 뛰어왔다.

“겨우 찾았네. 아무리 찾아다녀도 안 보여서, 안내 방송을 부탁할지 고민했어.”

“그, 그런 부끄러운 짓 마세요.”

리세리아는 몸을 웅크리더니, 작은 목소리로 속삭였다.

“그런데, 피네 선배가 부탁한 일은 잘 마쳤어?”

“네, 무사히 완료했어요.”

“그렇구나. 그러면 이만 돌아갈까?”

"그렇게 해요."

사실 카지노에서 용돈을 조금 더 불려볼까도 생각했지만, 리세리아는 이곳에 오래 머물고 싶지 않은 것 같았다.

"그러고 보니, 베이라는요?"

"으음, 아마 아직 술을 마시고 있을 거야."

"그러면 두고 가죠."

레오니스가 걸음을 옮기자, 리세리아가 그의 손을 꼭 잡았다.

"세리아 씨, 괜찮아요. 어린애 취급——."

레오니스는 고개를 갸웃거리며 그렇게 말했지만——.

"안 돼."

리세리아는 그 손을 놔주려고 하지 않았다.

◆

저녁 식사 때.

미팅룸의 테이블에는 레기나가 직접 만든 요리가 놓여 있었다.

합숙 첫날에는 호텔 레스토랑에서 식사했지만, 그래서는 영양소를 골고루 섭취할 수가 없기에 레기나가 부엌을 빌려서 요리한 것이다.

영양 밸런스적인 측면에서 본다면, 레기나가 만든 식사가 더 나을 것이다.

채소와 조개 수프, 사슴 고기 와인 찜, 통밀빵, 그리고 땅두릅과 버섯 샐러드, 흰살생선의 마리네이드, 펜네 그라탱, 세 종류의 치즈.

대륙에 펼쳐진 〈정령의 숲〉에서는 어찌 된 건지 〈보이드〉의 발생이 확인되지 않았고 야생동물이 서식하기에, 〈세븐스 어설트 가든〉보다 식재료가 풍부한 것 같았다. 제Ⅵ에어리어에는 어패류를 양식하는 플로트도 있다는 것 같았다.

레오니스는 임무가 성공했다는 것을 다시 보고했다.

“아가씨들은 제가 저녁 식사를 만드는 사이에 그렇게 재미있는 일을 했군요.”

레기나는 부럽다는 투로 그렇게 말했다.

“세리아 아가씨가 카지노에 드나들다니, 크리스타리아 공작 각하께서 살아계셨다면 저는 꾸중을 들었을 거예요.”

“따, 딱히 카지노에서 논 건 아니야.”

“그러고 보니 따로 행동하는 동안, 뭘 했나요?”

레오니스가 묻자…….

“뭐? 으음…….”

“아~. 역시 도박을 즐겼나 보네요.”

“도박이라. 나도 같이 갔으면 좋았을 텐데 말이야.”

사쿠야는 카지노 이야기에 흥미를 보였다.

참고로 셜리의 보고에 따르면, 현지 〈왕랑파〉와의 교섭은 결렬됐다고 한다.

그래서 아르레와 함께, 상대 조직의 보디가드와 싸움을 벌인 것 같았다.

그 와중에 베이라가 쳐들어온 바람에, 그대로 퇴각했다고 하는데——.

——〈마왕군〉의 확대는 갈 길이 먼 것 같다.

역시 교섭에는 〈마왕〉 본인이 직접 나서는 게 좋을까.

"내일부터의 훈련 메뉴를 짜뒀어. 다른 학교 학생과 약속을 잡아뒀으니까, 실전에 가까운 연습을 하자!"

리세리아는 메모를 꺼내더니, 내일부터 있을 훈련 메뉴를 이야기했다.

◆

영양분이 풍부한 식사를 마친 후, 레오니스는 욕실로 향했다.

〈성천궁(星天宮)〉이라는 거창한 이름에 코웃음을 쳤지만, 건물 밖으로 노출된 거대한 발코니 형태의 욕조에서는 바다를 한눈에 볼 수 있었다.

욕조에는 난간이 없어서, 마치 바다의 수평선과 경계가 없는 것처럼 보였다.

"——이건 진짜 절경이로군. 〈로그너스 왕국〉의 공중정원에 필적하겠어."

김이 피어오르는 욕조에 몸을 담근 채, 레오니스는 한숨을 토했다.

〈제도〉에서의 두 번째 날에는 이런저런 일이 있었다.

〈불사자의 마왕〉이라고는 해도, 육체는 열 살 인간이다. 피로도 쌓일 것이다.

(뭐, 주로 베이라 탓이지만 말이지.)

위를 올려다보니, 별이 수 놓인 하늘이 펼쳐져 있었다.

피처럼 붉은 별, 흉성(凶星)은 보이지 않았다.

(그 별도 신경 쓰이는걸.)

그것이 진짜 하늘에 떠 있는 별이 맞는지도 의심스럽다.

별은 일정 주기로 움직이지만, 그 별이 나타나는 날에는 규칙성이 없다고 한다.

〈보이드〉 발생과의 인과관계는 밝혀지지 않았지만, 데이터에 따르면 하늘에 흉성이 나타났을 때는 〈보이드〉의 출현 확률이 명백하게 상승하는 것 같았다.

레기나가 태어난 날에 그 별이 하늘에 나타나지 않았다면, 그녀는 버림받는 일 없이 왕족으로 살았으리라.

사쿠야의 고향인 〈오란〉이 멸망한 날에도, 흉성이 하늘에서 빛났다고 한다.

그리고——.

——허무는, 별의 복음을 전하는 자.

——세계는 허무의 별과 함께 재생될 것이다.

〈대현자〉——아라키르 데그라지오스가 한 말이다.

——그것이 저 흉성을 가리키는지는 알 수 없지만.

——1000년 전과 달라진 하늘. 변하고 만 세계.

〈아주르 포트〉에 있는 〈아르마게스트〉를 이용하면, 저 별에 대해 알 수 있을까——?

——바로 그때.

등 뒤에서 첨벙하는 물소리가 들려왔다.

"어…… 세리아 씨?!"

허둥지둥 입구 쪽을 돌아봤다.

——하지만, 거기에는 아무도 없었다.

"어……?"

"이쪽이야, 레오."

목소리가 들려온 곳은 반대 방향이었다.

희미한 별빛을 받으며——.

알몸의 소녀가, 욕조 가장자리에서 다리를 꼰 채 앉아 있었다.

어두운 밤에, 불꽃처럼 빨간 머리가 물결을 치는 수면에 드리워졌다.

——베이라다.

"윽…… 너, 어느새——."

"레오가 별을 올려보고 있을 때. 전혀 눈치채지 못하던걸?"

베이라는 수면을 걷어차서, 레오니스에게 물을 뿌렸다.

그 새하얀 다리는 참으로 요염했다.

"뭐, 뭐 하는 것이냐!"

"혹시 내 알몸을 보고 흥분한 거야?"

"으…… 내가 그럴 것 같으냐?!"

고함을 지른 레오니스는 얼굴을 붉히며 시선을 돌렸다.

그런 레오니스를 본 베이라는 놀리듯이…….

"아니면 그 권속 계집이 아니라 유감이야?"

"뭐……."

레오니스가 말을 끝까지 잇기도 전에──.

베이라가 욕조 안에 몸을 던지면서 헤엄쳤다.

진홍색 머리카락이 수면에 꽃처럼 피어났다.

베이라는 레오니스의 눈앞까지 다가오더니, 수면에서 얼굴을 내밀었다.

그에 따라 물방울이 흘러내리더니, 찬란히 빛나는 황금색 눈동자가 레오니스를 향했다.

"그 애, 카지노에서 나한테 도전했어."

"뭐?"

레오니스는 눈살을 찌푸렸다.

리세리아는 그런 이야기를 하지 않았다.

"왜, 너한테 도전한 것이지?"

"글쎄? 그 애 나름의 의지 같은 것 아닐까?"

"의지?"

"저래 봬도 저 애, 지는 걸 꽤 싫어하는 것 같아."

"그건 알고 있다……."

레오니스가 대답하자, 베이라는 빙긋 웃으며 말을 이었다.

"꽤 유망한 권속이더라. 마음에 들었어."

"내 권속이니까 말이다……."

"저기 말이야. 걔, 나한테 안 줄래?"

"안 돼. 리세리아 크리스타리아는 내 것이야."

레오니스는 고개를 저으면서 베이라를 노려봤다.

"그렇구나……. 부럽네."

——그러자 베이라는 욕조 가장자리에 기대면서 불쑥 그렇게 중얼거렸다.

(부러워?)

어느 쪽이, 는 일부러 물을 것도 없었다.

베이라의 눈은 수평선 너머의 머나먼 곳을 향하고 있었다.

——〈아주르 포트〉에 잠들어 있는, 용족의 전사들.

베이라의 권속은 〈육영웅〉과의 전투 중 전멸했다.

모두가 목숨을 걸고 자신들의 성과 〈용왕〉을 지키다 죽었다.

아무리 방약무인한 베이라일지라도, 권속인 용들은 주군을 따랐을 것이다.

"——갈 것이냐?"

"응."

드래곤의 마왕은 바다 쪽을 응시하면서 고개를 끄덕였다.

"——느껴져. 나를 쫓아오고 있어."

"나는 아무것도 안 느껴진다만……."

"용의 감각과 인간의 감각은 다르잖아."

베이라는 고개를 돌리더니——.

레오니스의 볼에 손을 살며시 댔다.

그리고 그대로 얼굴을 내밀어서, 서로의 이마를 맞댔다.

"베, 베이라……?"

"레오의 냄새……."

베이라는 이마를 맞댄 채, 중얼거렸다.

"——〈아주르 포트〉에서 의식을 잃었을 때…… 말이지? 왠지, 네 얼굴이 떠올랐어."

"……."

"내가 여기에 온 건, 아마 드래곤의 본능일 거야. 무의식중에, 레오의 냄새——〈마왕〉이었던 시절의 네 마력을, 느꼈다고 생각해."

베이라의 손가락이, 레오니스의 머리카락을 만지작거렸다.

"어, 어이……."

"저기, 레오…… 마지막으로——."

"——레오, 거기 누가 있어?"

바로 그때, 등 뒤에서 목소리가 들려왔다.

"……?!"

레오니스는 허둥지둥 몸을 뒤로 뺐다.

드르륵, 하면서 문이 열리는 소리가 들려왔다.

고개를 돌려보니, 수건 하나만 몸에 두른 리세리아가 욕실 입구에 서 있었다.

"레오…… 앗!"

베이라를 본 리세리아는 눈을 부릅떴다.

"뭐, 뭐뭐뭐, 뭐 하는 거야!"

"어머, 레오와 함께 목욕을 즐기고 있었을 뿐이야."

베이라는 물에 젖은 머리카락을 쓸어올리면서 미소 지었다.

"으……. 아, 안 돼——!!"

볼을 부풀린 리세리아는 그대로 힘차게 걸어 오더니——.

수건을 벗어 던지면서 그대로 욕조에 뛰어들었다.

"세, 세리아 씨?! 저, 저기, 가슴…… 보여……."

리세리아는 아랑곳하지 않고 다가오더니, 레오니스의 몸을 확 끌어안았다.

레오니스는 등을 통해 말캉말캉하고 부드러운 감촉을 느꼈다.

"아, 으……."

레오니스는 이러지도 저러지도 못하면서, 얼굴을 새빨갛게 붉힌 채 몸을 딱딱히 굳혔다.

리세리아는 토라진 듯한 표정으로, 눈앞에 있는 베이라를 똑바로 바라보며 말했다.

"네, 네가 제일가는 권속일지라도, 레오의 보호자는 바로 나야!"

"세리아 씨, 다, 닿았…… 어요…… 가슴이……."

레오니스는 머뭇머뭇 말하지만, 리세리아는 더 세게 끌어안았다.

"……."

그런 두 사람을 본 베이라는――.

"후후……. 알았어, 보호자 씨."

베이라는 빙긋 미소 지었다.

"그럼, 레오를 부탁할게."

"……뭐?"

베이라가 온화한 목소리로 그렇게 말하자, 리세리아는 어리둥절한 표정을 지었다.

그대로 돌아선 베이라는 욕실 가장자리로 걸어갔다.

그리고——.

가장자리의 벽 위로 뛰어 올라섰다.

"어, 잠깐만, 위험해!"

리세리아가 허둥지둥 그렇게 외치자…….

베이라는 붉은 머리카락을 휘날리며 그녀를 돌아보았다.

"세리아. 내가 레오의 권속이라는 건 뻥이야."

"……뭐?"

"그래. 나와 레오는, 옛 전우—— 아니, 숙적이야."

베이라의 몸이 홍련의 불꽃에 휩싸였다.

욕실의 물이 새하얀 증기가 되어 피어오르더니, 시야를 단숨에 가렸다.

"아……?!"

증기의 안개가 걷혔을 때——.

빨간 머리 소녀는 그 자리에 없었다.

——그리고, 다음 순간…….

부웅——!

별이 쏟아지는 하늘로, 거대한 날개를 펄럭이는 진홍색 드래곤이 날아올랐다.

대기가 폭발하면서, 호텔의 모든 창문이 진동했다.

"어, 어어어어어어어어어엇?!"

무심코 레오니스에게서 떨어진 리세리아는 경악에 찬 목소리로 비명을 질렀다.

"레, 레오, 저 드래곤은, 설마……."

리세리아는 하늘을 나는 드래곤을 손가락으로 가리키며 그대로 딱딱하게 굳어버렸다.

더는 얼버무릴 수 없을 것이다.

레오니스는 한숨을 쉬면서 어깨를 으쓱했다.

"네. 저건 고대의 드래곤로드. 인간이 아니에요."

"드래곤로드……."

홍련의 꼬리를 남기면서 아름답게 비상하는 그 모습은 마치 유성 같았다.

"어디에 가는 거야?"

"전장으로 향했어요."

레오니스는 간결하게 답했다.

"전장…… 대체, 무엇과 싸우는데? 〈보이드〉?"

"아뇨. 싸우려는 건── 더, 강대한 적이에요."

〈해왕〉── 리바이즈 딥 씨.

──최강의 힘을 자랑하는 〈마왕〉.

(베이라도 동격의 〈마왕〉이지만…….)

현재 〈용왕〉은 본래의 힘을 되찾지 못했다.

그리고, 적은 〈해왕〉만이 아닐 것이다.

레오니스가 말을 잇지 못하자, 이 총명한 권속은 눈치챘다.

"가봐, 레오."

그녀는 상냥히 미소 지으며 말했다.

"세리아 씨……."

"저 애는 레오를 전우라고 불렀잖아."

"……."

레오니스는 입을 다물었다.

물론, 베이라를 홀로 보낼 생각은 없었다. 그저, 리세리아에게 어떻게 말하면 좋을지 몰라서 주저하고 있었다.

하지만, 리세리아가 이런 말을 꺼낸 것은 뜻밖이었다.

"〈성검검무제〉 때까지 돌아오지 못할지도 몰라요."

레오니스는 고개를 들더니, 리세리아의 눈을 응시했다.

"그렇게 먼 곳이야?"

"네……."

〈해왕〉이 얼마나 접근했을지는 모르지만, 하루이틀 만에 갈 수 있는 거리는 아닐 것이다.

리세리아는 잠시 생각에 잠기더니――.

곧 레오니스의 머리에 손을 얹었다.

"괜찮아. 우리끼리 어떻게 해볼게."

"정말, 괜찮겠어요?"

"응. 하지만――."

레오니스의 귓가에 입술을 가져간 리세리아가 속삭였다.

"――되도록, 빨리 돌아와."

"――네."

제8장 마왕회전(魔王會戰)

Demon's Sword Master of Excalibur School

불꽃의 꼬리를 남기며, 진홍의 드래곤이 수평선을 비상했다.

용의 본능은 머나먼 곳에서 접근하고 있는 강대한 존재를 감지하고 있었다.

(기척을 숨기려고도 하지 않다니, 오만하네.)

바다가 술렁거리는 것이 느껴졌다.

용 형태에서의 비행 속도를 생각하면, 적과 격돌하는 것은 적어도 이틀 후의 일이다.

그렇게 먼 거리에 있는데도, 이미 이 일대의 바다에 영향을 끼치고 있는 것이다.

(──〈해왕〉과는 진심으로 싸워본 적이 없어.)

단독 전력으로 최강으로 불리는 〈마왕〉.

과연, 어느 정도의 힘을 지녔을까──.

──쩌적──.

전방의 하늘에 균열 같은 것이 생기는 광경이 눈에 들어왔다.

쩌적── 쩌저적, 쩌저저저적──!

허공의 균열에서, 순식간에 하늘을 뒤덮는 흉흉한 그림자가 기어 나왔다.

독기를 뿜는 허무의 괴물——〈보이드〉다.

그것이 바다 위에 존재하는 〈허무영역〉이라는 것을, 베이라는 알지 못했다.

하지만 그녀는 용의 본능으로, 그것이 뭔지 이해했다.

"큭, 괴물의 소굴 같네!"

현명한 자라면 즉시 우회했을 것이다. 짐승이라면 본능적으로 회피했을지도 모른다. 하지만 베이라는 〈용왕〉—— 최강의 드래곤이었다.

"——짜증 나. 잿더미로 만들어주겠어!"

고오오오오오오오오오오오오오!!

——드래곤 브레스.

활활 타오르는 지옥불이 무수한 〈보이드〉를 순식간에 불태웠다.

——하지만…….

쩌적…… 쩌적—— 쩌저적——.

허공의 균열은 계속 늘어나더니, 허무의 괴물이 무한정 쏟아져나왔다.

"너희 같은 것들을 신경 쓸 짬은 없어!"

오오오오오오오오오오오오오!!

포효가 울려 퍼졌다. 베이라는 날개를 퍼덕이면서, 〈보이드〉 무리에 뛰어들었다.

날카로운 이빨이 〈보이드〉를 깨부쉈다. 불꽃을 두른 발톱이 거대한 괴물의 목을 찢고, 꼬리를 휘둘러서 머리를 깨부쉈다.

일제히 토한 불꽃이 밤하늘을 불태우고, 바다를 붉게 물들였다.

"으으……. 끝이 없네. 이 벌레들은 대체 어디서 쏟아져 나오는 거야!"

하지만 어마어마한 숫자의 〈보이드〉는 아무리 해치워도, 베이라의 온몸을 휘감으며 바다에 추락시키려 했다.

바로 그때――.

"하늘의 별들이여. 오만한 자에게 벌을 내리는 자여――."

바람을 타고, 누군가의 목소리가 들려왔다.

그와 동시에, 허무가 들끓는 하늘에 흉흉하게 빛나는 무수한 마법진이 전개됐다.

제메시스 쥬라

"제10계위 광역 파괴 마술―― 〈마성초래(魔星招來)〉."

쿠웅, 쿠웅, 쿠웅, 쿠우우우웅――!

소환된 운석이 쏟아져 내리더니, 이 일대의 〈보이드〉를 한꺼번에 섬멸했다.

해수면 곳곳에서 거대한 물기둥이 솟구치더니, 바닷물이 끓어올랐다.

크르릉…… 하고 으르렁거린 베이라는 상공을 올려다봤다.

그곳에――.

"흥. 드디어 따라잡았군. 허무의 괴물에게 감사해야겠는걸."

지팡이를 손에 쥔 소년이―― 있었다.

〈스컬 드래곤〉의 머리 위에 선 소년은 베이라를 오만하게 내려다보고 있었다.

"레오, 뭐 하러 온 거야!"

베이라는 드래곤의 모습인 채, 용의 언어로 외쳤다.

"나도 같이 가겠다. 너 혼자서는 〈해왕〉에게 이길 수 없겠지."

"거절하겠어. 이건 〈아주르 포트〉의 주인인, 내 싸움이야."

"착각하지 마라. 내가 흥미 있는 것은 〈해왕〉이 아니라, 네 정신을 지배한 누군가다. 이 세상에 관한, 로제리아의 전생체에 관한 정보를 그자가 쥐고 있을지도 모르지. 게다가 네가 또 정신 지배를 당해서 폭주해도 곤란하거든."

"윽…… 그, 그건 방심했을 뿐이야!"

"흠. 입씨름할 때가 아니다, 베이라여. 또 적이 나타났다──."

주위에 또 균열이 생겨나더니, 〈보이드〉가 기어나왔다.

레오니스는 〈스컬 드래곤〉의 코끝을 박차더니, 허공을 가르며 낙하했다.

그리고 그대로, 베이라의 등에 내려섰다.

"뭐, 뭐뭐, 뭐 하는 거야! 감히 이 〈용왕〉의 등에 타?!"

"〈스컬 드래곤〉으로는 무리겠지만, 천하의 〈용왕〉이 비행하는 속도라면 〈성검검무제〉가 열리기 전에 돌아갈 수 있을지도 모르지."

레오니스는 자신의 그림자 안에서 칠흑색 고삐를 꺼내더니, 베이라의 목에 감았다.

온갖 마수를 뜻대로 조종하는, 신들의 도구다.

"너, 그만 거로 나를 조종할 수 있다고 생각하는 거야?"

"아니, 그저 기분을 내려는 것뿐이다."

"확 떨궈버린다?"

"재미있군. 어디 한번 해봐라. 하지만——."

레오니스는 눈앞에 있는 〈보이드〉 떼를 당당히 주시하며 말을 이었다.

"우선 이 조무래기들을 정리한 다음에 말이다!"

◆

커튼 너머로, 상냥한 햇살이 스며 들어왔다.

"으음…… 레……오……?"

푹신한 침대 위에서, 리세리아는 베개를 꼭 끌어안았다.

잠이 덜 깬 채, 조그마한 송곳니로 베개를 깨물었다.

흡혈은 할 수 없다. 그러니 어쩔 수 없이 베개를 깨물었다.

한동안 그런 후…… 퍼뜩 정신이 들었다.

레오는 없다.

(맞아, 그랬지…….)

리세리아는 베개에 얼굴을 묻었다.

문득 통신 단말을 봤지만, 아무런 연락도 오지 않았다.

분명 마력이 닿지 않는 장소에 있는 것이리라.

(괜찮, 을까…….)

자신이 등을 떠밀기는 했지만, 이제 와서 불안이 고개를 치켜들었다.

실은 위험한 싸움에 몸을 던지지 말아줬으면 한다.

만약 가지 말라고 애원했다면 여기에 남아줬을까.

불안을 떨쳐내려는 듯이 고개를 저은 후, 리세리아는 침대에서 몸을 일으켰다.

잠옷에서 교복으로 갈아입으면서, 스케줄을 확인했다.

——〈성검검무제〉 개최일까지, 앞으로 6일 남았다.

(레오가 없는 상황에서의 연계를 짜야 해——.)

핫밀크를 마시기 위해 방을 나선 리세리아는 공용 주방 스페이스로 향했다.

——바로 그때, 부엌 안쪽에서 누군가의 인기척이 느껴졌다.

"어……?"

리세리아는 고개를 갸웃거렸다.

이 층은 엘피네 선배가 통째로 빌렸다.

(레기나가 아침을 만들고 있는 걸까?)

하지만 이제 막 해가 떴으니까, 아침을 준비하기에는 너무 이른 시간대다.

"레기나?"

고개를 내밀어보니…….

우물우물우물우물.

"……."

교복 차림의 레오가 도넛을 먹고 있었다.

어제 사쿠야가 선물로 사 온 도넛의 종이 상자가 열려 있었다.

"레, 레오?! 뭐, 뭐뭐, 뭐 하는 거야?!"

"우읍……?!"

리세리아가 소리치자, 레오는 깜짝 놀라 발판에서 떨어졌다.

"괘, 괜찮아……. 아니, 왜 여기 있는 거야? 어떻게 된 건데?"

리세리아는 혼란스러워하면서도 일단 레오를 향해 손을 내밀었다.

"아, 으음…… 괜찮, 아요. 리세리아 씨."

——그 순간, 리세리아는 묘한 위화감을 느꼈다.

왠지 평소의 레오니스와 미묘하게 반응이 달랐다.

게다가 레오니스는 리세리아 씨가 아니라, 세리아 씨라고 부르는 것이다.

"너, 레오가 아니지?"

"……무, 무슨 소리예요? 리세리아 씨."

레오는 시치미를 떼며 시선을 돌렸다.

"레오는 나를 세리아라고 불러."

"아……."

그 지적을 듣더니 아뿔싸, 하는 듯한 표정을 지었다.

표정에 감정이 그대로 드러나기에 알기 쉬웠다.

리세리아가 뚫어지게 쳐다보자…….

"어쩔 수 없군요."

레오의 모습을 한 누군가는 체념한 것처럼 한숨을 쉬었다.

그리고 똑바로 서서 교복의 옷깃을 단정히 한 후, "어흠." 하고 헛기침했다.

"저는, 마왕…… 레오니스 님의 부하입니다."

"레오의 수하?"

레오에게 해골 괴물 부하가 있다는 건 알고 있다.

〈로그너스 삼용사〉에게는 훈련도 받고 있기에, 이미 잘 아는 사이다. 하지만 반응으로 볼 때, 레오로 변한 이 인물은 그 해골 전사가 아닌 것 같았다.

"마…… 레오니스 님께서 귀환하실 때까지, 저에게 대역을 맡기셨습니다."

"레오의 대역……."

리세리아는 그 말을 듣고 이해했다.

레오는 때때로 인형을 대역으로 쓴다.

주로 학교에서 강의를 빼먹을 때 말이다.

(레오는 들키지 않았다고 생각하는 것 같지만 말이야.)

레오의 대역은 이어서 말했다.

"그리고 만약 〈성검검무제〉 개최 전에 자신이 귀환하지 못한다면, 제가 대신 출전하라는 명을 받았습니다."

"하아……."

리세리아는 무심코 한숨을 쉬었다.

레오는 만일의 사태에 대비해 빈틈없이 손을 써둔 것이다.

"……알았어. 잘 부탁해."

리세리아가 손을 내밀자…….

"……."

레오의 대역은 그 손을 지그시 쳐다본 후——.

"잘 부탁해요, 세리아 씨……."

왠지 내키지 않는 듯한 태도로, 그 손을 꽉 잡았다.

◆

——꿈을, 꾸고 있었다.

그가 아직 〈불사자의 마왕〉이라 불리기 이전. 인간 소년이었을 적의 꿈을.

그날, 그는 사룡 퇴치의 사명을 받고, 악명 높은 〈마룡산맥〉으로 향했다.

천둥번개가 격렬하게 치는 가운데, 격전 끝에 사룡을 퇴치한 그의 앞에 그것은 나타났다.

비구름 속을 당당히 비행하고 있는, 진홍색 드래곤.

그것은 힘을 다 쓴 소년에게 죽음을 의미했다.

하지만, 그 드래곤을 본 소년은 그저 이렇게 생각했다.

(정말…… 아름다운, 용이야…….)

드래곤은 만신창이가 되어 쓰러진 소년의 앞에 내려서더니, 천천히 입을 열었다.

——소년은 죽음을 각오했다. 동시에, 이렇게도 생각했다.

이렇게 아름다운 용에게 잡아먹힌다면, 그것도 나쁘지 않겠다고 말이다.

하지만 죽음을 앞뒀는데도 공포를 품지 않는 소년을 기묘하게 여긴 건지, 혹은 그저 변덕을 부린 건지, 드래곤은 아무 짓도 하지 않고 다른 곳으로 날아갔다.

그것이 〈마룡산맥〉 최강의 용이라는 이야기를 나중에 스승에게 들었다.
생각해 보면, 그것이 어린 소년에게 첫사랑일지도 모른다.
그것은 그녀가 아직 〈마왕〉이 되기 이전의 이야기다.
——그녀는 기억하고 있지 않겠지만.

◆

"으, 음……."
눈부신 아침 햇살에, 레오니스는 잠에서 깨어났다.
강한 빛에 잠에서 깨어난 것은 언데드의 육체였던 시절의 영향이리라.
(인간의 육체는 정말 불편하군.)
레오니스는 마음속으로 불만을 늘어놨다.
잠을 자지 않으면, 피로가 쌓이고 만다.
(게다가 꿈 같은 괜한 것도 꾸지.)
바다 위를 날기 시작한 후로 48시간이 흘렀다.
수평선 너머에서 떠오르는 해를 보는 것도 세 번째다.
바람은 결계로 막고 있으며, 그림자를 고정해 뒀기에 떨어질 일은 없다. 그래도 드래곤의 등은 잠을 자기에 쾌적한 공간이 아니다.
레오니스는 투박한 비늘 위에서, 천천히 몸을 일으켰다.
(——셜리는 잘하고 있으려나.)
〈로그너스 삼용사〉를 〈세븐스 어설트 가든〉에 배치했으니,

장시간의 대역을 부탁할 사람은 셜리밖에 없었다.

레기나의 과자를 당당히 먹을 수 있다며 기뻐하긴 했지만.

(정체가 들통나지는 않을 테지만…….)

레오니스는 그 점이 불안했다.

"레오, 일어났어——?"

베이라가 용의 언어로 말을 걸었다.

"그래. 옛날 꿈을 꿨다."

"꿈……?"

"너를, 처음 봤을 때의 꿈이었지."

"〈마왕군〉 결성식 식전에서였지? 〈여신〉의 제단 앞에서 〈육마왕〉이——."

"——아니, 그때가 아니다."

"뭐? 더 전이야……?"

"기억 못 한다면 됐다."

"뭐야, 정말. 아무튼 거의 다 왔어——."

"그래……."

베이라의 등 위에서, 레오니스는 몸을 일으켰다.

수평선 너머에서 다가오고 있는 거대한 육지가 시야에 들어왔다.

아니, 육지가 아니다. 저것은——.

"——레오, 준비는 됐지?"

베이라가 자신만만한 미소를 흘렸다.

"물론이다. 여기서라면 남들 눈길을 신경 쓰지 않으며 마음껏 싸울 수 있지.”

레오니스는 〈렐름 오브 섀도〉에서 〈봉죄의 마장〉을 소환해 손에 쥐었다.

오오오오오오오오오오오오오!!

베이라가 싸움의 시작을 알리는 포효를 터뜨렸다.

◆

그것은——.

바다 그 자체가 의지를 가지고 이 세상 전체를 집어삼키려 하는 것만 같았다.

그 몸집은 〈전술도시〉의 연결 플로트에 필적할 만큼 거대했다.

거대한 문어처럼 촉수를 꿈틀거리며 천천히 다가오고 있었다.

고대 세계의 선단을 하룻밤에 삼켜버린, 파멸의 재앙.

“——리바이즈 딥 씨.”

레오니스는 일종의 경외를 담아서, 그 〈마왕〉의 이름을 읊조렸다.

베이라가 선회하면서, 바다를 나아가는 그 거대한 그림자에 접근했다.

〈해왕〉은 당연히 상대의 존재를 감지했겠지만, 아무 짓도 하지 않았다.

“——상황을 살피는 건가? 그렇다면 먼저 인사하지.”

〈봉죄의 마장〉에 마력을 수렴하며, 주문을 영창했다.

“〈화염 계통〉 제8계위 마술——〈아르그 베르제르가〉!”

쿠오오오오오오오오오오오오오오오오오오오오오오오오오오오오!!

정통으로 명중했다. 인사 대신 날린 파괴의 마술이 〈해왕〉의 몸 표면에 작렬했다.

굉음과 함께, 거대한 불기둥이 솟구쳤다.

——하지만 〈해왕〉에게는 아무런 변화도 없었다. 그저 계속해서 전진할 뿐이다.

“전혀 통하지 않은 것 같아.”

“맙소사. 방어 마술이 발동된 낌새도 없었는데…….”

마술이 명중한 부위는 숯덩어리가 되어 있었다.

하지만 그 상처는 점점 재생되어 갔다.

“이래선 끝이 안 나겠군. 베이라, 일제 포화를 펼치자——!”

베이라는 대답 대신에 포효를 터뜨렸다.

〈해왕〉의 머리 위쪽에서 단숨에 급강한 후, 활활 타오르는 드래곤 브레스를 일직선으로 뿜었다.

홍련의 불꽃이 바다 위에서 휘몰아쳤다.

“어둠이여, 내 적을 무로 되돌려라—— 제10계위 파괴 마술 〈아르잠〉!”

콰아아아아아아아아아아아아아아아아아아앙!!

“——〈폭렬섬란포(爆裂閃亂砲)〉!”

최강급 파괴 마술에 이어, 폭렬계 주문을 연이어 날렸다.

폭발의 연기가 자욱한 탓에, 〈해왕〉의 모습이 보이지 않았다.

“재생하게 두지 마라! 쉴 새 없이 공격을 퍼부어!”

“나도 알아——.”

베이라는 단숨에 급상승하더니, 용언 마술을 영창했다.

“멸망의 불꽃, 세계의 종말을 고하는 어리석은 자여. 내 포효를 들어라——!”

데이 아르그 드래그레이
——〈패룡마광열포〉.

눈부시게 빛나는 섬광이 세상을 하얗게 덧칠하더니——.

쿠오오오오오오오오오오오오오오오오오!!

폭풍이 휘몰아쳤다. 어마어마한 열풍이, 레오니스의 피부를 달궜다.

바다가 순식간에 끓어오르고, 새하얀 수증기가 주위를 뒤덮었다.

“흥. 이것으로——.”

슈욱——!

뿜어져 나온 물의 칼날이, 베이라의 한쪽 날개를 찢었다.

“베이라?!”

“큭, 괜찮아! 비늘을 꽉 잡고 있어!”

〈해왕〉의 촉수에서 마술이 일제히 뿜어져 나왔다.

연이어 날아오는 물의 칼날을, 베이라는 급선회하며 피했다.

샤 리 아 셰 이 즈
마력을 띤 물의 칼날은 제6계위 마술, 〈해마섬참(海魔閃斬)〉이다. 드래곤의 비늘은 거의 모든 마술을 무효화하지만, 물리적으로 베는 공격은 완전히 막지 못한다.

레오니스는 떨어지지 않도록 그림자에 필사적으로 매달렸지만, 급상승과 급강하 및 급선회를 반복하는 비행 궤도 탓에 반고리관이 비명을 질렀다.

"으, 으으으으으으으으으으윽!"

"레오, 반격해!"

"마, 말도 안 되는 소리 하지 마라!"

마술을 걸었다고는 해도, 이 육체는 열 살 소년이다.

브라커스의 흑염(黑炎)을 두른다면 육체를 강화할 수 있지만, 〈렐름 오브 섀도〉의 왕자는 만전의 상태가 아니기에 〈제도〉의 수호를 맡겼다.

유리 같은 물의 칼날이, 붉은 용의 비늘을 스쳤다.

떨어져 나간 용의 비늘이 허공에서 춤추더니, 불꽃의 꽃잎이 되어 사라졌다.

"큭, 얕보지 마아아아아앗!"

베이라는 포효를 터뜨리더니, 고개를 치켜들면서 일직선으로 섬광을 토했다.

타들어간 〈해왕〉의 촉수가 차례차례 바다로 떨어지면서 성대한 물기둥이 솟구쳤다.

——하지만 촉수는 금방 재생될 것이다.

"이대로 가다간 당하고 말 거야! 가자——!"

"돌격할 것이냐?!"

"그래, 한 방에—— 심장을 도려내 주겠어!"

날개를 펼친 베이라가 곧장 날아갔다.

바람이 굉음을 내는 가운데, 거대한 〈해왕〉의 본체가 점점 가까워졌다.

레오니스는 각오를 다졌다.

(――무모하지만, 품속에 파고들지 않는 한 승산은 없다.)

한 손으로 〈봉죄의 마장〉을 치켜들며, 주문을 연속 영창했다.

폭렬 계통, 제3계위 마술 〈파르가〉로 탄막을 펼쳤다.

연속된 폭음과 섬광 속에서, 진홍의 드래곤이 급강하했다.

(――〈아주르 포트〉는 나타나지 않는 건가.)

그림자 속에 몸을 숨긴 채, 레오니스는 주위에 시선을 보냈다.

이미 싸움이 시작됐다. 하지만, 또 한 명의 적은 여전히 모습을 보이지 않았다.

(상황을 살피고 있는 건가?)

어쩌면 미지의 적인 레오니스의 힘을 가늠하지 못해, 경계하고 있는 것일까.

아무튼, 지원군이 나타나기 전에 〈해왕〉을 처리해야만 한다.

거대한 〈해왕〉의 몸을, 용의 발톱으로 도려내며 활공했다.

베이라의 등에서 도약한 레오니스는 〈해왕〉의 본체에 내려섰다.

그 순간. 〈해왕〉의 몸에서 무수한 촉수가 생겨나더니, 레오니스를 덮쳤다.

샤즈에 레피스카

"얼어붙는 죽음, 그림자 칼날이여. 〈사접난무(死蝶亂舞)〉!"

레오니스는 〈봉죄의 마장〉을 수평으로 휘둘렀다.

종횡무진으로 뻗어나간 그림자 칼날이 소리 없이 촉수를 잘랐다.

즉시 베이라가 불꽃의 브레스를 뿜어서, 재생을 시작한 촉수를 숯덩어리로 만들었다.

"나와라――〈조르그스타 메제키스〉."

레오니스는 마장을 치켜들면서, 머리 위에 소환 마술법진을 전개했다.

허공에 출현한, 무수한 검.

베이라와 싸우는 와중에 파괴된 〈디 아크 세븐스〉――〈조르그스타 메제키스〉의 파편을 녹인 후, 마술로 다시 단조(鍛造)하여 만든 것이다.

〈마왕을 죽이는 무기〉의 저급 양산품.

양산품이라고는 해도 〈루미너스 파워즈〉가 창조한, 대(對) 마왕 특화 무기다.

레오니스는 팔을 휘둘렀다.

서걱, 서걱서걱서걱서걱――!

흉흉하게 빛나는 열세 자루의 칼날이, 〈해왕〉의 육체에 차례차례 꽂혔다.

브라즈고
"검은 번개여, 내 적을 해치워라. 〈마람열뢰(魔嵐烈雷)〉!"

뇌격 계통, 제8계위 마술.

칠흑색 번개가 〈조르그스타 메제키스〉에 내려쳤다.

드래그 디라이머
"――〈용뢰멸섬(龍雷滅閃)〉!"

이어서 베이라가 전격계 용언 마술을 날렸다.

칠흑빛 번개와 백은색 뇌광이 미친 듯이 휘몰아쳤다.

수많은 뇌광구가 격렬한 소리를 내며 터졌다.

그러자——.

오, 오오오오오오오오오오오오오오오오……오……!

으르렁거림 같은 목소리가, 수평선에 울려 퍼졌다.

마치 바다 그 자체가 울부짖고 있는 것만 같았다.

단말마 같은 비명이 아니다. 그것은 포효다. 적을 위협하는, 짐승의 포효 말이다.

"온다."

"그래——."

레오니스가 경고하듯 말하자, 베이라는 으르렁거렸다.

베이라 또한 알고 있는 것이다. 최강의 〈마왕〉이 완전히 깨어났다는 것을.

◆

거대한 섬 같은 고깃덩어리가 격렬하게 떨리더니, 흉흉한 촉수로 된 봉오리가 생겨났다.

그 봉오리가 점점 피어나면서, 흉측한 꽃이 피어났다.

그 꽃의 중심에—— 한 소녀가 서 있었다.

푸른색의, 심해 밑바닥을 연상케 하는 절대영도의 눈.

마력을 머금고 희미하게 빛나는, 투명하기 그지없는 자수정 색깔의 머리카락.

"드디어, 나온 건가……."

레오니스는 그렇게 중얼거리면서 자신만만한 미소를 띠었다.

〈해왕〉—— 리바이즈 딥 씨, 그 본래 모습.

아니, 본래라는 말은 적절하지 않을 것이다.

시 스프라이트(바다 요정) 소녀와 거대한 리바이어던.

모든 것을 삼키는 리바이어던은 최강의 생명체지만, 지성이 거의 존재하지 않는다. 한편, 바다 요정족은 뛰어난 지성과 마력을 지녔으나 육체적으로는 약했다.

이 두 존재가 갖춰졌기에, 〈해왕〉은 최강의 〈마왕〉으로 불리는 것이다.

"〈용왕〉……과, 인간 어린애?"

자수정색 머리카락을 지닌 요정, 리바이즈가 레오니스를 쳐다보며 눈썹을 찌푸렸다.

"——그대는, 누구지?"

"가르쳐 줄 의리는 없지——. 〈아르그 베르제르가〉!"

레오니스는 다짜고짜 화염계 최강의 제8계위 마술을 날렸다.

거대한 불덩이가 나선을 그리면서, 촉수의 꽃과 함께 리바이즈를 삼켰다.

——하지만…….

"검의 겨울이여, 얼어붙은 마빙(魔氷)의 칼날이여—— 〈샤리아 노스〉!"

"윽……?!"

노래하듯 영창하는 목소리와 함께——.

불꽃이 순식간에 꺼지고, 얼음 칼날의 폭풍이 밀려왔다——!

"레오!"

베이라가 레오니스를 감싸듯 앞으로 나섰다.

고오오오오오오오오오오오오오!!

진홍색 비늘이 붉게 타오르더니, 쏟아지는 얼음 칼날을 증발시켰다.

"——레오, 타!"

레오니스는 즉시 베이라의 등에 올라탔다.

그러자 베이라는 꿈틀거리는 리바이어던의 몸을 박차며 단숨에 하늘로 비상했다.

"저 계집애에게 이 〈용왕〉의 최강 주문을 맛보여주겠어!"

"멈춰, 바다가 이상해——."

리바이즈가 양손을 하늘로 들더니, 요정어로 된 노래를 흥얼거렸다.

——그러자, 그 노랫소리에 호응하듯——.

하늘을 꿰뚫을 듯한 거대한 물 소용돌이가, 몇 개나 생겨났다.

"아니?!"

물론 평범한 소용돌이가 아니다. 그 하나하나가 막대한 마력을 머금고 있다.

——그리고, 다음 순간…….

물의 소용돌이가 사냥감을 노리듯 일제히 밀어닥쳤다.

"——〈아르그 베르제르가〉!"

밀려오는 소용돌이를 향해, 레오니스가 주문을 날렸다.

——하지만 새빨간 지옥불은 폭발을 일으키지 않은 채, 소용돌이에 흡수되고 말았다.

"크읏, 아닛?!"

"……! 레오, 꽉 잡아!"

베이라는 날개를 펼치더니, 선회하며 소용돌이를 피했다.

하지만 보기보다 공격 범위가 넓은 물의 칼날이 베이라의 날개를 인정사정없이 벴다.

(다, 닿기만 해도 드래곤의 날개가 찢기는 건가?!)

저 소용돌이는 〈해왕〉의 막대한 마력을 구현화하는, 고유 마술일 것이다. 저기에 삼켜진다면, 베이라는 몰라도 레오니스는 무사하지 못할 것이다.

아래를 내려다보니, 리바이즈는 노래를 통한 영창을 이어가고 있었다.

바다가 꿈틀거리며, 물 소용돌이는 점점 늘어나고 있었다.

(〈마검〉을 쓰면 〈리바이어던〉째 쓸어버릴 수 있지만——.)

〈다인슬레이프〉는 여신과의 계약에 따라, 〈마왕〉에게는 쓸 수 없다.

(극대급의 광역 파괴 마술이라면, 저 녀석에게도 유효하겠지만…….)

리바이즈는 주문 영창을 하느라 생긴 빈틈을 놓치지 않을 것이다.

〈마검〉은 쓸 수 없고, 〈마술〉은 결정타가 못 된다.

(방법이 없나——.)

아니, 〈마검〉도 〈마술〉도 아닌 힘을 레오니스는 지니고 있기는 했다.

문제는, 그 힘을 깨울 수 있을지——.

베이라는 밀려드는 소용돌이 사이를 가르며 날고 있다.

물의 칼날이 레오니스의 머리 위를 지나쳤다.

"으…… 위험해. 포위당했어."

베이라의 목소리에서 여유가 사라지고 있었다.

뛰어난 대(對) 마술 특성과 드래곤의 강인한 육체를 지닌 베이라라면, 저 소용돌이를 강행 돌파해서 포위를 벗어나는 것도 어렵지 않으리라. 하지만 레오니스의 육체가 약하다는 것을 알기에 그 수단을 쓰지 못하는 것 같았다.

(승산이 큰 도박은 아니지만——.)

레오니스는 결단을 내렸다.

아무튼, 이 상황을 타파하기 위해서는 그 미지의 힘에 걸어볼 수밖에 없다.

레오니스는 들고 있던 〈봉죄의 마장〉을 그림자에 도로 집어넣었다.

"레오……?"

"베이라, 시간을 조금만 벌어다오."

"이길 방법을 찾은 거구나?"

"……아니, 하지만 도박을 해볼 가치는 있을 것 같다."

"그래? 나, 도박을 좋아해."

베이라가 여유 넘치는 미소를 지은 듯한 느낌이 들었다.

베이라의 거대한 몸이 붉은 마력에 감싸였다.

사방팔방에서 밀려드는 소용돌이를, 아크로바틱한 궤도로 날면서 회피했다.

레오니스는 발을 그림자로 고정하고 천천히 몸을 일으켰다.

눈을 감고, 집중했다. 어차피 목숨은 베이라에게 맡긴 것이나 다름없는 상황이다. 눈을 뜨고 있다고 해서 달라질 것은 없다.

손을 모은 후, 오른손에 그 형상을 이미지했다.

〈성검〉—— 샤다르크 보이드 로드를 쓰러뜨린, 그 무기.

『머릿속으로 상상하는 거야. 그 〈성검〉의 형태와 그것을 손에 쥔 자신의 모습을 떠올리면서 '에잇!' 하는 느낌이네.』

열심히 설명해 주는 권속의 얼굴을 머릿속에 떠올린 레오니스는 무심코 쓴웃음을 흘렸다.

(상상, 이라…….)

그때, 현현한 〈성검〉은 1000년 전에 존재하지 않았던 무기였다.

레기나의 〈성검〉과도 다르다. 한 손으로 다루는, 권총이다.

처음 그 무기를 본 것은, 리세리아와 만났던 지하 영묘에서다.

백은색 머리카락을 휘날리는, 뒷모습. 연약한 인간의 몸으로, 우연히 만났을 뿐인 레오니스를 지키기 위해 〈보이드〉에게 맞서는 소녀.

그 소녀의 손에 쥐어진 것이, 〈성검〉을 모방하여 만든 양산형 무기였다.

그 무기를 이미지하며, 오른손을 들었다.

(샤다르크와 싸웠던 바로 그때, 나는 진심으로 힘을 갈구했다——.)

리세리아 크리스타리아를 구하기 위한 힘을——!

"——〈액티베이트〉!"

그렇게 외친 순간, 내민 손안에 무언가가 생겨나는 감각이 느껴졌다.

찬란한 빛의 입자가 모여들면서, 〈성검〉이 나타났다.

(윽, 성공……했어.)

묵직한 감촉이 느껴졌다. 예전에 현현했을 때와 같은 형태다.

푸르게 빛나는 빛의 문자가, 총신에 새겨졌다.

나타난 그 이름은, 〈성검〉——〈EXCALIBUR.XX(엑스칼리버 더블엑스)〉.

(더블 익스…… 두 개의 계약, 인가?)

——대체 누구와의, 그리고 무엇과의 계약일까?

어떤 의미가 있는 이름인지는 알 수 없지만——.

아무튼 레오니스는 〈성검〉이 나타난 오른손에, 왼손을 댔다.

레오니스는 그것으로 리바이즈 딥 씨를 조준했다.

"——베이라!"

고함을 질렀다. 레오니스의 생각을 읽은 베이라가 그대로 급강하했다. 물의 소용돌이 사이의 틈새를 파고들며, 〈리바이어던〉의 중심에 있는 리바이즈에게 접근했다.

레오니스는 총신의 한곳에 온몸의 마력을 집중시켰다.

〈성검〉을 손에 쥔 레오니스의 모습을 보고 뭔가를 감지한 건지, 리바이즈는 눈을 치켜떴다.

"——〈해왕〉이여. 내 몸에 깃든 〈성검〉의 힘을 어디 한번 받아봐라!"

쿠오오오오오오오오오오오오오오오오!!

시야를 덧칠할 듯한, 새하얀 마력광이 해방됐다.

〈리바이어던〉의 거대한 몸통에, 화산의 화구 같은 커다란 구멍이 뚫렸다.

끓어오른 피가 용암처럼 넘쳐흐르더니, 주위의 바다에 흘러들어갔다.

"하앗, 하앗…… 하, 아……."

바다 요정족 소녀의 모습은 시야에서 사라졌다.

굉음을 내며 몰아치던 물 소용돌이가, 차례차례 붕괴하기 시작했다.

"해냈구나, 레오……. 그런데, 방금 그 힘은 대체——."

"——아니, 아직 멀었다."

눈앞의 커다란 구멍을 내려다보면서, 레오니스는 고개를 저었다.

그 짧은 순간에 레오니스의 〈성검〉의 힘을 눈치챈 리바이즈는 〈리바이어던〉 안으로 대피했을 것이다. 물론 멀쩡하지는 않겠지만——.

베이라는 〈리바이어던〉의 몸 위에 내려섰다.

달려드는 촉수를 찢어발기거나, 거칠게 물어뜯었다.

"회복하면 성가시겠지. 이 틈에 그 녀석을——."

——바로 그때였다.

첨버어어어어어어어엉!!

주위의 물에서, 거대한 그림자가 모습을 드러냈다.

그것은—— 물로 만들어진, 네 마리의 용이었다.

"씨 드래곤?!"

"아냐. 저건 〈해왕〉의 권속이다."

〈해왕〉의 거점인 〈해저 대요새〉를 수호하는, 〈와일드 엘리멘탈〉.

그 하나하나의 위험성은 〈루미너스 파워즈〉의 종속신급이다. 〈세븐스 어설트 가든〉에서 싸웠던 〈오란〉의 수호신, 〈뇌신귀〉에 비슷한 힘을 지녔을 것이다.

"성가시게 됐군——."

아까 일격으로, 레오니스는 마력을 상당히 소모했다.

"여기는 내가 맡겠어. 너는 리바이즈를 쫓아가."

"알았다……."

레오니스는 고개를 끄덕이더니, 자신이 낸 커다란 구멍에 몸을 던졌다.

◆

거대한 〈리바이어던〉의 몸속은 불가사의하게 꿈틀거리고 있었다.

레오니스는 중력 마술을 전개하면서 천천히 하강했다.

(하지만, 역시 이 〈성검〉이란 것은 제어하기 어려운걸.)

샤다르크와 싸울 때는 무의식중에 모든 마력을 다 쏟아부었지만, 아까는 어느 정도 제어했다. 그런데도 육체가 비명을 지르고 있었다.

〈성검학원〉의 교관은 〈성검〉을 쓰면 영혼의 힘이 소모된다고 말했다.

영혼의 힘이라는 애매한 표현을 쓰는 것을 보면, 사실 인류는 〈성검〉의 정체가 뭔지 파악하지 못한 것이리라.

〈EXCALIBUR.XX〉는 마력을 발사하는 〈성검〉 같지만, 소모하는 건 마력만이 아니었다. 그것이 혼인지, 아니면 정신력인지는 모르겠지만 말이다.

(아이러니하군. 영혼을 잃고 불사자가 된 내가, 이런 무기에 의지하게 되다니――.)

구멍 밑바닥에 도착했다. 고기가 타들어 가는 냄새가 코를 찔렀다.

"〈성검〉―― 인류가 허무와 싸우기 위한 무기."

그런 목소리가 들려오자, 레오니스는 걸음을 멈췄다.

옅은 어둠 속에서, 자수정 색깔의 머리카락을 지닌 소녀가 무표정한 얼굴로 레오니스를 쳐다보고 있었다.

물의 날개옷이 벗겨지려고 하는 그 모습은 만신창이 그 자체였다.

"그대는, 누구지? 인간――인가?"

레오니스는 대답하지 않으며 한 걸음 전진했다.

"〈해왕〉이여. 너야말로 왜 부활한 거지? 너의 배후에 있는 건 누구냐."

"질문한 건 나다, 불손한 인간이여――!"

그 순간, 눈앞에서 은색 빛이 번뜩였다.

레오니스는 간발의 차이로 반응하며 회피했지만――.

"윽……?!"

어깻죽지를 베이면서, 피가 뿜어져 나왔다.

(윽, 이건 저 날개옷인가?!)

소녀가 걸친 물의 날개옷이 투명한 칼날이 되어 발사된 것이다.

"쳇――."

레오니스는 즉시 〈성검〉을 연사했다. 물의 칼날을 파괴하면서 뒤로 도약했다.

〈리바이즈는 접근전에 능하지 않을 터인데――.)

리바이즈는 어깨를 들썩이며 거친 숨을 내쉬었다.

역시 예상보다 더 소모가 극심한 것 같았다.

(하지만 저 녀석이 내 〈성검〉을 경계하고 있는 건 틀림없다.)

즉, 이 〈성검〉은 해왕을 쓰러뜨릴 수 있는 무기――인 것이다.

리바이즈는 팔을 휘둘렀다. 물의 날개옷이 눈에 보이지 않는 칼날이 되어 발사됐다.

레오니스는 또 총을 연사했다. 공중에서 섬광이 튀었다.

(――물의 칼날이, 저 녀석을 지켰어?!)

저 날개옷은 장비한 자의 의지와 상관없이, 자동적으로 주인을 지키는 성질을 지닌 것 같았다.

리세리아의 〈블러디 소드〉와 비슷한 성질을 지닌 마장구(魔裝具)이리라.

"——그렇다면, 숫자로 밀어붙여주마."

레오니스는 고유 마술 〈크리에이트 언데드 아미〉를 영창했다.

엘리트 스켈레톤 워리어, 엘리트 스켈레톤 나이트, 엘리트 스켈레톤 어새신, 엘리트 스켈레톤 하운드.

전개한 마술법진 안에서, 무수한 언데드 병단이 소환됐다.

"——어리석구나. 그런 잡졸로 나에게 맞서려고 하다니, 헛된 짓이다——!"

발사된 물의 칼날이 스켈레톤 병사를 한꺼번에 쓸어버렸다.

무수한 뼈가 산산이 부서졌다. 하지만, 이 상황이야말로 레오니스가 바란 것이다.

"하지만 너의 날개옷은 그 모든 잡졸에게 반응할 수밖에 없을 텐데?"

레오니스는 〈성검〉을 난사하면서, 리바이즈에게 접근했다.

"아……니?!"

스켈레톤들이 정말로 잡졸에 지나지 않았다면, 물의 날개옷은 위협으로 여기며 반응하지 않았을지도 모른다.

하지만 레오니스가 소환한 것은 〈로그너스 삼용사〉보다 약하다고는 해도 최정예 언데드 병사들이다. 그 모든 병사들이 〈디아크 세븐스〉의 양산품을 장비하고 있다.

양산품이라고는 해도, 이미 만신창이인 리바이즈에게 대미지를 주기에는 충분했다.

목표를 자동적으로 공격하는 저 마장구의 성질이 문제였다.

물의 칼날은 스켈레톤 병사를 레오니스와 동등한 위협으로 여기며 공격했다.

물의 칼날이 레오니스의 목을 스쳤다.

하지만 레오니스는 멈추지 않았다. 지면을 박차며 가속했다.

"오오오오오오오오오오오오!!"

발포. 발포. 발포. 제대로 조준도 하지 않으며, 마력 탄환을 발사했다.

물의 칼날이 부서지고, 섬광이 사방으로 튀었다. 스켈레톤 병사를 뼈로 된 방패 삼으면서, 레오니스는 리바이즈 딥 씨의 방어를 서서히 무너뜨렸다.

(〈해왕〉이여. 과거의 넌 최강의 〈마왕〉이라고 해도 손색이 없었지.)

레오니스는 지면을 기듯 달리면서 웃었다.

(——허나, 그 칭호는 이미 과거의 것이다.)

〈불사자의 마왕〉—— 레오니스 데스 매그너스는 수도 없이 패배했다.

그래서 자신의 약점을 파악하고, 극복해 왔다.

(너는 절대적인 〈리바이어던〉의 힘을 과신하며, 진화를 게을리했다——.)

"크, 제8계위 마술——〈아르그 발헤이즈〉!"

리바이즈가 근거리에서 마법을 영창했다.

모든 것을 찢어발기는 물의 소용돌이가, 레오니스의 온몸을 꿰뚫었다.

――하지만…….

찢겨 나간 교복 아래에서, 진홍색 불꽃이 피어올랐다.

붉게 빛나는 용의 비늘이, 제8계위 마술을 튕겨냈다――!

최고의 대 마술 특성을 지닌 〈용왕〉―― 베이라 드래곤로드의 〈용린(龍鱗)〉.

공중에서 벗겨진 그 비늘 중 하나를, 교복 안에 넣어둔 것이다.

"……?!"

〈해왕〉은 눈을 치켜떴다. ――그 모습은, 정말 봐줄 만했다.

"그 오만이 네가 패배하는 이유다, 〈해왕〉이여!"

〈성검〉―― 〈EXCALIBUR.XX〉에 마지막 남은 마력을 불어넣고, 해방했다.

◆

물 밖으로 나가보니, 베이라가 〈와일드 엘리멘탈〉의 목을 물어뜯고 있었다.

수룡의 모습을 한 정령은 단말마의 포효를 지르며 소멸했다.

가세할 생각으로 왔지만, 그럴 필요는 없는 것 같았다.

레오니스를 본 베이라는 의기양양한 목소리로 말했다.

"레오, 리바이즈는 쓰러뜨렸어?"

"그래. 완전히 소멸시키지는 못했지만, 한동안은 움직이지 못하겠지."

레오니스는 어깨를 으쓱하며 대답했다.

처음부터 숨통을 끊을 생각은 없었다.

〈해왕〉의 배후에 있는 존재를 알아내야만 하는 것이다.

리바이즈를 쓰러뜨리자, 〈리바이어던〉도 움직임을 멈췄다. 이쪽도 내버려두면 안 되는 존재지만, 지금 함부로 공격했다가 폭주하기라도 하면 성가시다.

——바로 그때였다.

쩌적, 하고 유리에 금이 가는 소리가 들려왔다.

레오니스는 고개를 들었다.

쩌적…… 쩌적—— 쩌저적, 쩌저저적……!

공허한 하늘에, 거대한 균열이 생겨났다.

"윽…… 레오! 저건——?!"

"드디어 모습을 드러내는 건가."

레오니스는 당당한 목소리로 그렇게 중얼거렸다.

허공의 균열에서 모습을 드러낸 것은——.

거대한 짙은 청색을 띤 유적이었다.

〈아주르 포트〉—— 〈용왕〉 베이라 드래곤로드의 성이자, 공중요새.

그리고, 그 균열에서 나온 것은 유적만이 아니었다.

거대한 〈아주르 포트〉를 거느린 것처럼, 한 사람이 허공에 떠 있었다.

백발이 섞인 장년의 남자다. 매서운 눈으로 아래에 있는 두 사람을 내려다보고 있었다.

"레오, 저놈이야——."

베이라는 경계심이 어린 목소리로 그렇게 말했다.

"……."

하지만 레오니스는 눈을 치켜뜬 채, 얼이 나간 표정으로 하늘을 올려다보고 있었다.

저 남자의 모습이, 눈에 익었다.

〈서드 어설트 가든〉에 있는 리세리아의 저택에 방문했을 때 봤다.

(이럴 수가, 어째서…… 어째서, 저 남자가 여기 있는 것이지……?)

크리스타리아 공작—— 에드와르도 레이 크리스타리아.

그 남자는 리세리아의 아버지의 모습을 하고 있었다.

후기

오래 기다리셨습니다. 『성검학원의 마검사』 7권을 전해드립니다!

이번 에피소드부터, 이야기는 〈제도편〉에 접어듭니다.

6권까지는 각 캐릭터의 동기를 소개하는 개별 시나리오였습니다만, 이번 권부터는 그런 각각의 시나리오가 하나로 수렴되면서 많은 수수께끼가 풀려나갈 겁니다. 각지에서 고대의 마왕과 영웅을 부활시키고 있는 〈여신〉의 사도의 목적, 그리고 〈성검검무제〉의 이면에서 진행되고 있는 음모 등, 이야기는 점점 뜨거워질 테니 기대해 주시길!

도와주신 분께 감사 인사를 드릴까 합니다. 이번에도 슈퍼 엑설런트한 일러스트를 그려주신 토오사카 아사기 선생님, 정말 감사드립니다! 모든 일러스트가 끝내줍니다만, 압권인 것은 포스터 느낌 컬러 일러스트의 바니 히로인이군요. 사실 7권의 소설 본편에는 히로인들이 바니 차림을 하는 장면이 없었습니다만, 작가가 편집자님께 ~~무릎을~~ 꿇고 "보고 싶이이이이어어어어어, 토오사카 아사기 선생님이 그린 바니걸 히로인이 보고 싶다고오오오오오오, 우에에에에에엥, 우에에에에에에에에에엥, 우에에에에에에에에에에에엥!" 하고 울부짖으며 바닥을 굴러다닌 덕분에 저렇게 멋진 일러스트가 탄생했습니다. 이 작가는 진짜 위험한 놈이네…… 하고 여겨졌을지도 모릅니다만, 후회는 없습니다.

코믹스를 담당해 주시는 케이겐 아스카 선생님, 매편 뛰어난 퀄리티의 만화를 그려주셔서 정말 감사합니다. 셜리가 표지인 단행본 3권은 소설 7권과 같은 달에 발매됐으니, 꼭 읽어봐 주셨으면 합니다. 보너스로 신작 단편 SS도 들어가 있습니다!

담당 편집자님, 교정자님, 이번에도 폐를 많이 끼쳤습니다. 항상 감사드리고 있습니다.

그리고 독자 여러분께 가장 감사드립니다!

제1권 발매 후로 벌써 2년 정도 흘렀습니다. 변함없이 계속 응원해 주셔서 정말 감사드립니다. 3월에는 사인회도 개최됐습니다. 온라인을 통해서이기는 해도, 독자 여러분에게 감사의 말을 전할 수 있어서 정말 기뻤습니다. 앞으로도 다양한 기획이 준비되어 있으니, 기대해 주시길!

자아, 다음 권에서는 드디어 〈성검검무제〉가 시작됩니다. 레오니스는 리세리아 일행의 곁으로 돌아갈 수 있을까요. 그리고 마지막에 모습을 보인 사람은 대체……?

기대해 주시길!

2021년 4월 시미즈 유우

성검학원의 마검사 7

2025년 12월 15일 제1판 인쇄
2026년 01월 05일 제1판 발행

지음 시미즈 유우
일러스트 토사카 아사기

옮김 이승원

제작 · 편집 노블엔진 편집부

발행 미스터블루(주)
등록번호 107-88-30967
주소 07551 서울특별시 강서구 양천로 570 NH서울타워 19층
대표전화 02-2013-5665

ISBN 979-11-380-6422-4
ISBN 979-11-6524-662-4 (세트)

구매 시 파손된 도서는 구매처에서 교환하실 수 있습니다.
기타 불편사항, 문의사항이 있으신 독자님께서는 노블엔진 홈페이지
[http://novelengine.com] 에서 Q&A 게시판을 이용해 주시기 바랍니다.

NOVEL
ENGINE